혜성이 다가온다

무민 도서관

혜성이 다가온다

초판 1쇄 인쇄일_2018년 3월 5일 | 초판 1쇄 발행일_2018년 3월 16일

글·그림_토베 얀손 | 옮김_이유진

펴낸이_박진숙 | 펴낸곳_작가정신 | 출판등록_1987년 11월 14일(제1-537호)

책임편집_윤소라 | 디자인_노민지

마케팅_김미숙 | 디지털 콘텐츠_김영란 | 관리_윤선미

주소_(10881) 경기도 파주시 문발로 207 2층 | 전화_(031)955-6230

팩스_(031)944-2858 | 이메일_mint@jakka.co.kr | 홈페이지_www.jakka.co.kr

ISBN 979-11-6026-648-1 04890

ISBN 979-11-6026-656-6 (세트)

이 도서의 국립중앙도서관 출판시도서목록(CIP)은 서지정보유통지원시스템 홈페이지
(http://seoji.nl.go.kr)와 국가자료공동목록시스템(http://www.nl.go.kr/kolisnet)에서
이용하실 수 있습니다.
(CIP제어번호 : CIP2018004813)

Kometen kommer

Copyright ⓒ Tove Jansson (1946, 1968) Moomin Characters™

Korean Translation Copyright ⓒ Jakkajungsin 2018

Korean Publication rights arranged by Seoul Merchandising Co., Ltd.

All rights reserved.

* 책값은 뒤표지에 있습니다. * 잘못된 책은 바꾸어 드립니다.
* 이 책의 등장인물을 포함한 고유명사는 가독성을 위하여 국내에 널리 소개된 표기를 따랐습니다.

KOMETEN KOMMER

혜성이 다가온다

토베 얀손 무민 연작소설

이유진 옮김

작가
정신

무민파파가 강에 다리를 놓은 날 아침, 작은 동물 스니프는 한 가지 발견을 했다. 전에 본 적이 없던 새로운 길을 찾아낸 것이다. 스니프는 숲 속으로 조금 들어간 어두운 곳에 나 있는 길을 오랫동안 들여다보며 서 있었다.

스니프는 생각했다.

'무민한테 말해야지. 무민한테 이 길을 알려 줄 거야. 우리 둘이 같이 이 길을 살펴봐야 해. 나 혼자 위험을 무릅쓸 수는 없으니까.'

그러고 나서 스니프는 그 길을 다시 찾기 좋게 나뭇가지 두 개를 십자 모양으로 내려놓고는 있는 힘껏 집으로 내달리기 시작했다.

무민 가족이 사는 골짜기는 무척 아름다웠다. 골짜기에

는 작은 생명들이 행복하게 살아갔고, 울창한 신록으로 가득했다. 풀밭을 가로지르며 흐르는 강은 파란 무민 가족의 집을 빙 둘러싸며 굽이를 만들고는 강줄기가 어디에서 왔을까 궁금해 하는 생명들이 살아가는 또 다른 곳으로 흘러갔다.

스니프는 생각했다.

'길이랑 강은 참 희한해. 지나가는 걸 보고 있으면 묘하게 떠나고 싶은 마음이 든단 말이야. 따라가서 길이랑 강이 어디서 끝나는지 보고 싶어지는……'

스니프가 집에 도착했을 때 무민은 나무에 그네를 매달고 있었다.

스니프가 말했다.

"무민, 거기 있었네. 내가 전에 본 적 없는 이상한 길을 찾아냈어. 위험해 보이는 길이야."

무민이 물었다.

"얼마나 위험한데?"

작은 동물 스니프가 심각하게 대답했다.

"엄청나게 위험해 보인다고 말하려던 참이었어."

무민이 말했다.

"그럼 샌드위치를 가져가야겠다. 주스도."

무민은 부엌 창문으로 가서 말했다.

"엄마, 엄마. 저희 오늘은 밖에서 먹을게요."

무민마마가 말했다.

"그럴래? 그거 괜찮겠구나."

무민마마는 개수대 옆에 놓여 있던 바구니에 샌드위치를 담았다. 그러고 나서 단지에서 캐러멜 한 움큼, 다른 단지에서 사과 두 알, 어제 먹다 남은 꼬마 소시지 네 개와 화덕 선반에 있던 혼합 주스 한 병을 꺼내 왔다.

무민이 말했다.

"진짜 근사해요. 엄마, 그럼 다녀올게요. 아마 좀 늦을 거예요."

무민마마가 말했다.

"잘 다녀오렴."

무민과 스니프는 정원을 지나 풀밭을 건너 비탈을 올라

갔고, 한 번도 들어가 본 적 없는 어두운 숲에 도착했다. 그 앞에 바구니를 내려놓은 둘은 골짜기를 내려다보았다. 무민 가족의 집은 점처럼 작았고 강줄기는 가느다란 초록빛 끈 같았다. 그네는 보이지도 않았다.

스니프가 말했다.

"무민, 너는 엄마랑 이렇게 멀리 떨어져 본 적 처음이지? 나만 여기 왔었어. 나 혼자서만. 그리고 너는 이제 내가 찾아낸 새로운 내 길을 보게 될 거야."

스니프는 종종걸음으로 이리저리 돌아다니며, 냄새를 킁킁 맡고 하늘을 쳐다보며 부산스럽게 굴더니 결국 소리를 질렀다.

"여기야! 내가 길을 찾아냈어! 응? 뭐라고? 위험해 보이지 않는다고? 그럼 네가 앞장서."

무민은 아주 조심스럽게 초록빛 어둠 속으로 들어갔다.

주위는 쥐 죽은 듯한 정적에 잠겼다.

스니프가 속삭였다.

"네가 앞뒤랑 양옆에 위험한 게 없는지 봐야 해. 난 한꺼번에 앞뒤랑 양옆을 못 보니까."

무민이 스니프의 말에 반대했다.

"네가 뒤쪽을 봐야 해. 나도 한꺼번에 앞뒤랑 양옆을 다 볼 수는 없으니까."

스니프는 속이 타서 말했다.

"싫어, 싫어. 뒤는 싫다고. 마주치는 것보다 뒤따라오는 게 훨씬 나빠! 그런 일이 생기면 다 네 책임이야!"

무민이 말했다.

"그래, 그럼 네가 앞장 서."

스니프가 소리를 질렀다.

"그것도 싫어! 그냥 나란히 갈 순 없어?"

그래서 둘은 꼭 붙어 나란히 숲 속 깊이 들어갔다. 숲은 더욱 푸르러졌고 더욱 어두워졌으며, 처음에 위쪽으로 나 있던 길은 나중에는 아래쪽으로 향했고 점점 좁아지다가 결국 끝나 버렸다. 길이 끝난 자리에는 이끼와 고사리만 나 있었다.

무민이 말했다.

"길은 어디로든 나 있어야 해. 이건 잘못됐어. 길이 그냥 이렇게 끝나 버리는 법은 없어."

무민은 이끼 밭을 몇 걸음 밟고 들어갔다.

스니프가 속삭였다.

"하지만 우리가 집을 아예 못 찾으면 어떡해."

무민이 말했다.

"조용히 좀 해 봐. 무슨 소리 들리지 않아?"

나무들 뒤쪽 저 멀리에서 희미한 소리가 들려왔다. 무민은 몇 걸음 더 나아가면서 고개를 들고 냄새를 맡았다. 바람은 축축했고 기분 좋은 냄새를 풍겼다.

"바다야!"

무민이 이렇게 소리치더니 달리기 시작했다. 무민은 수영을 정말 좋아했기 때문이었다.

스니프가 소리를 질렀다.

"기다려! 나 혼자 두고 가지 마!"

그러나 무민은 앞에 바다가 펼쳐지고 나서야 겨우 멈추어 섰다. 무민은 모래밭에 앉아 연달아 밀려드는 파도를 진지하게 바라보았다. 파도 꼭대기마다 가장자리에 흰 물거품이 일고 있었다. 잠시 뒤 숲에서 나타난 스니프가 무민 옆에 앉아 입을 열었다.

"무민, 너 나만 두고 도망쳤어. 날 위험한 곳에 남겨 놓고 가 버렸어!"

무민이 설명했다.

"즐거워져서 그랬어. 골짜기랑 강이랑 산이 있는 줄은 알고 있었지만 바다도 있는 줄은 몰랐거든. 저 파도 좀 봐!"

스니프가 말했다.

"차갑고 사나워 보이기만 하는데, 뭘. 저 파도 속으로 들어가면 몸이 젖을 거고, 파도라도 타면 울렁거려서 토하고 말 거야."

무민이 깜짝 놀라 물었다.

"잠수하는 거 안 좋아해? 눈을 뜨고 잠수할 줄도 모르고?"

스니프가 말했다.

"할 수는 있지만 하지 않을 거야."

무민은 일어나서 곧장 바다로 걸어갔다. 등 뒤에서 스니프가 소리를 질렀다.

"그러다 위험해지면 다 네 책임이야! 저 속에 뭐가 있을

지 모른다고!"

무민은 아랑곳하지 않고 햇볕이 곧게 내리비치는 커다란 파도 속으로 뛰어 들어갔다. 처음에는 햇빛이 만들어 낸 초록빛 물거품만 보였지만, 조금 더 들어가니 숲을 이룬 바닷말이 모래바닥에서 일렁이고 있었다. 바닷말 주위는 안쪽이 연분홍빛, 바깥쪽이 흰빛인 조가비들로 꾸며져 있었다. 저 멀리 깊이를 알 수 없는 심연 쪽으로 갈수록 물빛이 어두워졌다. 무민은 몸을 돌려 물결치는 수면까지 곧장 올라가서 바닷가로 돌아 나왔다. 스니프는 바닷가에 주저앉아 도와 달라고 고래고래 소리를 지르고 있었다.

스니프가 소리쳤다.

"무민, 너 익사한 줄 알았잖아! 아님 상어한테 잡아먹혔거나! 너 없으면 난 어떡하라고?"

무민이 말했다.

"유치하게 굴지 마. 나 수영 잘해. 그건 그렇고, 저 아래를 구경하는 동안 좋은 생각이 떠올랐어. 아주 근사한 비밀 생각이야."

스니프가 물었다.

"얼마나 큰 비밀인데? 못 지키면 '골짜기가 나를 삼켜 버릴' 만큼 커?"

무민은 고개를 끄덕였다.

스니프가 종알거렸다.

"골짜기가 나를 삼켜 버릴 거야. 내가 비밀 중의 비밀을 지키지 못하면 말라붙은 내 뼈를 콘도르가 먹어치울 거고, 그럼 나는 아이스크림도 더는 못 먹을 거야. 됐어?"

무민이 말했다.

"진주조개를 캐서 상자에 진주들을 숨겨 놓는 거야. 하얀 돌멩이는 다 진주야. 아주 하얗고 둥근 건 다."

스니프가 소리 질렀다.

"나도 진주조개 잡고 싶어! 바닷가에서 잡을래. 바닷가에는 하얗고 둥근 돌멩이가 엄청 많아."

무민이 설명했다.

"너 아무것도 모르는구나. 진주는 물속에 있을 때만 진주거든. 그럼 우린 나중에 봐."

그러더니 무민은 밀려드는 파도 속으로 다시 걸어 들어가기 시작했다. 스니프가 무민 등 뒤에 대고 소리를 질렀다.

"아니, 그럼 난 어떡해?"

"진주조개를 담을 상자를 찾아보면 되잖아."

무민은 이렇게 말하고는 바다 속으로 뛰어들었다.

스니프는 바닷가를 따라 천천히 걸으며 혼잣말을 중얼거렸다.

"재미있는 건 뭐든 다 무민 거라니까. 내가 꼬마라는 이유만으로 말이지."

잠깐 동안 스니프는 상자를 찾아보았지만 아무것도 발견할 수 없었다. 바닷가에 있는 거라고는 바닷말과 널빤지 몇 장뿐이었다. 긴 모래사장의 단조로운 풍경은 물과 맞닿아 있는 높은 바위산에서 끝났다. 바위산은 온통 물거품에 젖어 있었다.

스니프는 생각했다.

'이제 여기는 재미없어. 더는 꼬마인 것도 싫고, 같이 놀 친구도 필요 없어……'

그런데 바로 그때, 바위산 꼭대기를 혼자 돌아다니고 있는 새끼 고양이가 작은 동물 스니프의 눈에 띄었다. 얼룩무늬 새끼 고양이는 가느다란 꼬리를 위로 곧게 뻗고 있었다. 스니프는 기쁘다 못해 마음이 찡해질 정도였다.

스니프가 소리쳤다.

"아기 고양이야. 아기 야옹아, 이쪽으로 내려와. 나 지금 정말 우울하거든!"

새끼 고양이는 노란 눈으로 어깨 너머 스니프를 돌아보더니 사뿐사뿐 걸어가 버렸다. 스니프도 바위산을 오르기 시작했다. 축축하고 가파른 산길을 오르는 내내 스니프는 고양이를 소리쳐 불렀다. 마침내 스니프가 산꼭대기에 도착하자, 새끼 고양이는 균형 잡힌 몸짓으로 꼭대기 가장자리를 살금살금 걸어 좁다란 절벽 끄트머리에 있는 바위로 올라갔다.

스니프가 소리를 질렀다.

"가지 마! 난 네가 좋아!"

하지만 새끼 고양이는 점점 더 멀어져 갔다. 낭떠러지 아래에서 바다가 큰 소리로 철썩거렸다. 작은 동물 스니프는 다리가 풀렸다. 가슴은 두근대기 시작했다.

스니프는 새끼 고양이를 쫓아 기어가기로 했다. 느릿느릿 기어가면서 스니프는 줄곧 생각했다.

'조그맣고 부드럽고 상냥한 아기 고양이는 내 거야……. 나보다 훨씬 더 작은……. 아, 모든 작은 동물의 수호자님이시여, 제발, 제발 제가 저 아기 고양이를 데려가서 무민이 저한테 감탄하게 해 주세요…….'

스니프는 이제껏 이렇게 두려웠던 적도, 이렇게 용기가 났던 적도 없었다. 그때 갑자기 눈앞에 동굴이 나타났다. 암벽에 난 구멍 안에 진짜 동굴이 있었다. 스니프는 숨죽였다. 동굴, 평생 한 번도 찾아내지 못하거나 딱 한 번 찾아낼 만한 동굴이었다. 바닥에는 고운 모래가 깔려 있었고, 벽은 평평하고 어두웠다. 천장에는 푸른 하늘이 보이는 구멍이 창처럼 뚫려 있었다. 모래 바닥은 햇볕을 받아 따스했다.

스니프는 동굴 안으로 기어 들어가서 비쳐드는 햇살 아래에 엎드렸다.

'죽을 때까지 여기에서 살 거야. 작은 선반도 놓고, 모래 바닥에 잠자리도 만들고, 저녁이면 촛불을 켜야지. 그걸 보면 무민이 뭐라고 할까?'

그러나 쌀쌀맞게 굴던 새끼 고양이는 사라져 버렸다.

돌아가는 길은 그다지 위험하게 느껴지지 않았다. 어떻게 동굴을 찾아내자마자 바로 무슨 일이 일어나겠는가?

무민은 여전히 진주조개를 잡고 있었다. 무민은 파도 속에서 코르크 마개처럼 통통 뛰어 다녔고, 바닷가에는 하얗고 둥근 돌멩이가 많이 놓여 있었다.

무민이 말했다.

"아, 스니프. 너 거기 있었구나. 상자는 어디 있어?"

스니프는 고래고래 소리를 질렀다.

"나와 봐! 얼른 나와 보라고! 내가 뭔가 찾아냈어! 네가 상상도 못할 최악의 위험을 무릅쓰고 나 혼자 말이야!"

무민은 양손 가득 진주를 들고 바닷가로 걸어오며 물었다.

"괜찮은 상자야?"

스니프가 소리를 질렀다.

"상자, 상자. 또 상자 타령이야! 골짜기가 너랑 저 진주 조개랑 다 삼켜 버릴 거야. 우리 지금 이럴 시간 없어. 내가 동굴을 찾아냈거든! 이상한 동굴을!"

무민이 물었다.

"진짜 동굴 말이야? 기어 들어갈 구멍은 있어? 암벽이랑 모래 바닥은?"

스니프가 대답했다.

"다! 다 있어!"

스니프는 어쩔 줄 몰라 제자리에 서 있지 못할 지경이었다.

"나한테 진주 절반, 아니면 적어도 세 움큼 주면, 내 동굴에 네 진주를 놔둘 수 있게 해 줄게!"

둘이 동굴로 들어가자 진주는 더 새하얘져서 진짜처럼 보였다. 무민과 스니프는 모래 바닥에 드러누워 천장 구멍 너머 푸른 하늘을 쳐다보았다. 가끔 바닷물이 동굴 입구로 방울방울 튀어 들어왔고 햇살은 점점 더 넓게 비쳐 들었다.

스니프는 새끼 고양이 이야기를 하고 싶은 마음이 간절했다. 그러나 아무 말도 하지 않기로 했다. 스니프는 새끼 고양이를 찾아낸 뒤 우선 좋은 친구가 될 것이었다. 새끼 고양이는 스니프가 어딜 가든 따라다닐 터였다. 그리고 화창한 어느 날, 스니프가 고양이를 데리고 베란다로 들어서면 무민은 이렇게 말할 것이었다.

"이게 가능해? 어디든 따라다니는 너만의 아기 고양이가 있다는 게!?"

정원에 우유 한 그릇 내놓기만 하면 될 일이었다. 밤마다⋯⋯.

스니프는 한숨을 내쉬고 말했다.

"나 배고파. 배고픈 걸 잊어버릴 만큼 행복하면 얼마나 좋을까!"

무민과 스니프가 골짜기에 있는 파란 집으로 돌아갔을 때는 늦은 오후였다. 강은 저녁을 향해 아주 천천히 흘러가고 있었고, 강 위에는 새로 놓은 다리가 새로 칠한 다채로운 색깔로 빛나고 있었다. 무민마마는 꽃밭 가장자리를 조가비로 장식하며 물었다.

"재미있게 놀았니?"

무민이 이야기했다.

"저희는 여기서 적어도 100킬로미터는 떨어진 데까지 갔었어요! 바다를 봤어요! 커다란 파도 속으로 잠수해서 'ㅈ'으로 시작해서 'ㅜ'로 끝나는 굉장히 예쁜 걸 찾아냈어요……. 그렇지만 그게 뭔지는 말할 수 없어요. 비밀이거든요!"

스니프가 소리를 질렀다.

"그리고 전 'ㄷ'으로 시작해서 'ㄹ'로 끝나는 걸 찾아냈어요! 그리고 그 사이에는 'ㅗ', 'ㅇ', 'ㄱ', 'ㅜ'가 있어요. 하지만 더는 말 안 할 거예요!"

무민마마가 말했다.

"훌륭하구나. 하루에 큰일을 그렇게나 많이 겪다니. 수프는 보온고 안에 있단다. 아빠가 글을 쓰고 계시니까 너무 큰 소리는 내지 말고!"

그러고 나서 무민마마는 다시 꽃밭 가장자리를 조가비로 장식해 나갔는데 파란색 하나, 흰색 둘, 빨간색 하나 순서로 줄지어 놓으니 아주 보기 좋았다.

무민마마는 천천히 휘파람을 불며 생각했다.

'비가 올 것 같네.'

바람이 한숨을 내쉬는 듯한 소리를 내며 나무를 헤치고 불안하게 불어오자, 나무들이 잎사귀를 몽땅 뒤집으며 흔들렸다. 뒤이어 널따란 먹구름이 하늘을 뒤덮었다.

무민마마가 생각했다.

'대홍수가 또 일어나진 않았으면 좋겠는데.'

빗방울이 떨어지기 시작하자 무민마마는 남은 조가비

몇 개를 주워 들고 집으로 돌아갔다.

스니프와 무민은 거실 카펫 한가운데에서 곯아떨어졌다. 무민마마는 스니프와 무민에게 담요를 덮어 준 뒤, 비내리는 모습을 보려고 창가에 앉았다. 잿빛 큰 먹구름이 하늘에 이른 노을빛을 불러들였다. 비는 차분히 지붕 위로 톡톡 떨어졌고, 바스락거리며 정원에 내렸으며, 쏴아아하며 숲을 헤집었고, 저 멀리 스니프의 동굴 안으로도 떨어져 내렸다.

아무도 모르는 비밀 은신처에 있던 쌀쌀맞은 새끼 고양이는 꼬리로 몸을 말고 잠이 들었다.

모두 잠자리에 든 늦은 밤, 무민파파는 투덜거리는 소리를 들었다. 무민파파는 자리에서 일어나 앉아 가만히 귀를 기울였다.

빗물은 배수관 안을 흐르고 있었고, 다락방에 있는 고장 난 창은 여느 때처럼 바람에 덜컹거리고 있었다. 또다시 투덜거리는 소리가 들려왔는데 이번에는 가련하기까지 했다. 무민파파는 침실 가운을 걸치고 집을 둘러보러 나섰다. 푸른 방을 들여다본 다음 노란 방을 들여다보았고, 마지막으로 점박이 무늬 방을 들여다보았지만 하나같이 고요하기만 했다. 무민파파는 베란다 문을 열고 비 내리는 바깥을 내다보았다.

무민파파가 손전등으로 계단과 잔디밭을 비추자 빗방울이 불빛을 받아 다이아몬드처럼 반짝거렸다. 바람은 그 어느 때보다도 심하게 불고 있었다.

무민파파가 말했다.

"세상에, 도대체 저게 뭐지?"

문 밖에는 콧수염이 덥수룩하고 까만 눈이 반짝이는 생명 하나가 비에 젖어 처량하게 웅크리고 있다가 기운 없는 목소리로 말했다.

"사향뒤쥐올시다. 집 없는 사향뒤쥐라오. 당신이 강에 다리를 놓았을 때 우리 집 절반을 못 쓰게 되었소이다. 물론 그 일은 크게 문제 될 게 없소. 나머지 절반이 비에 휩쓸려가 버렸으니. 허나 그 또한 문제 될 게 없소. 나 같은 철학자에게는 생사가 별다르지 않으니. 그러나 감기를 앓은 뒤에는 어찌 될지 무척 불확실한지라……."

무민파파가 말했다.

"정말 미안하게 됐습니다. 사향뒤쥐 선생이 다리 아래에 사는 줄 미처 몰랐습니다. 어쨌든 들어오시지요. 제 집사람이 침대를 마련해 드릴 겁니다."

사향뒤쥐는 구슬프게 말했다.

"난 침대에 그다지 신경 쓰지 않소. 침대란 불필요한 가구라오. 내가 살던 곳은 구멍 속일 뿐이었소만, 거기서 잘 지냈소. 나 같은 철학자에게는 잘 지내나 못 지내나 별다르지 않은 게 사실이오만, 어쨌든 내가 살던 구멍은 괜찮았소."

사향뒤쥐는 몸에서 빗물을 털어내고 사방으로 귀를 기울이며 물었다.

"여기는 어떤 집이오?"

무민파파가 대답했다.

"평범하기 이를 데 없는 무민 저택입니다. 제가 직접 지었지요. 감기에 좋은 사과주 한 잔 어떠십니까?"

사향뒤쥐가 말했다.

"그 또한 사실 불필요하나, 어쨌든 한 잔 정도라면."

무민파파는 불도 켜지 않은 채 부엌으로 살금살금 걸어 들어가 찬장을 열었다. 그리고 사과주가 담긴 병을 꺼내느라 맨 위쪽 선반으로 팔을 쭉 뻗고, 뻗고, 또 뻗다가 바닥

이 옴폭 패인 접시 한 장을 쳐 버렸고, 접시는 바닥에 떨어지며 와장창 하고 무시무시한 소리를 냈다.

온 집 안이 잠에서 깨어나 식구들 모두 소리를 지르며 쾅 소리가 나게 문을 열어젖혔고, 무민마마가 한 손에 촛불을 켜 들고 부엌으로 뛰어왔다.

무민마마가 말했다.

"당신이에요? 집에 악당이 들이닥친 줄 알았잖아요."

무민파파가 말했다.

"사과주를 꺼내려던 것뿐이에요. 그런데 웬 머저리가 선반 끄트머리에 이 우스꽝스러운 접시를 놔뒀지 뭐예요."

무민마마가 말했다.

"차라리 깨진 게 낫네요. 못생긴 접시였거든요."

무민파파는 의자를 딛고 올라가 사과주가 담긴 병과 잔

세 개를 집었다.

무민마마가 물었다.

"세 번째 잔은 누구 거예요?"

무민파파가 대답했다.

"사향뒤쥐 선생 거예요. 그분 집이 못쓰게 돼서 이제 우리 집에서 지내야 해요."

무민마마와 무민파파, 사향뒤쥐는 베란다에 호롱불을 켜고 앉아 건배했다. 한밤중이었지만 무민과 스니프도 함께였다. 무민과 스니프는 우유를 마셨다. 지붕 위를 춤추듯 떨어지는 빗줄기는 여전했고, 바람은 더 심하게 불어왔다. 굴뚝에서는 바람이 울부짖는 소리를 냈고, 벽난로 문은 심란하게 덜컹거렸다.

사향뒤쥐는 베란다 창에 얼굴을 대고 바깥 어둠을 응시하며 말했다.

"이 비는 자연의 이치에 어긋나오."

무민파파가 물었다.

"비는 다 자연의 이치를 따르는 것 아닙니까? 한 잔 더 드릴까요?"

사향뒤쥐가 말했다.

"한 잔쯤이라면. 고맙소, 잘 마시겠소. 이제 기분이 좀 나아졌소이다. 거대한 멸망을 그다지 깊이 신경 쓰지는 않소만 멸망할 때 배 속이 차갑지는 않았으면 싶소."

무민마마가 말했다.

"그럼요. 물론이죠. 하지만 이번 비는 대홍수는 아닐 거
예요."

사향뒤쥐는 콧방귀를 뀌었다.

"여사님은 제 말이 무슨 뜻인지 모르시나 보오. 요즘 공
기가 심상치 않다는 느낌이 들지 않으셨소? 불길한 예감
이 들었던 적은 없으셨소? 가끔 목덜미가 으스스해지지
는 않으셨소?"

무민마마가 깜짝 놀라 말했다.

"아뇨."

스니프가 사향뒤쥐를 쳐다보며 속삭였다.

"위험한 거예요?"

사향뒤쥐가 중얼거렸다.

"절대 알 수 없는 일이지. 저 바깥 우주는 어마어마하게
거대하고 지구는 초라하고 왜소할 따름이니……."

무민마마가 서둘러 말했다.

"이제 자야겠네요. 밤늦게 무서운 이야기를 들어 봐야
좋을 게 없어요."

잠시 뒤 불은 다 꺼졌고 온 집 안이 잠들었다. 그러나 비
바람은 다음 날 아침까지 이어졌다.

2

다음 날은 날씨가 흐렸다. 잠에서 깬 무민은 축축하고 조용한 정원으로 나갔다. 바람은 온데간데없었고 비도 그쳤다. 하지만 모든 게 달랐다. 무민은 오랫동안 자리에 서서 사방을 둘러보고 냄새를 맡은 뒤에야 모든 것이 달라졌다는 사실을 깨달았다.

모든 게 잿빛이었다! 하늘과 강뿐만 아니라 나무와 들판과 집도 잿빛이었다! 마치 더는 살아 있지 않은 것처럼 온통 잿빛으로 뒤덮인 세상은 너무도 끔찍해 보였다.

무민이 천천히 말했다.

"너무 끔찍해. 너무 끔찍하다고!"

사향뒤쥐는 집에서 나와 무민파파의 해먹으로 살금살금 걸어갔다. 해먹도 잿빛이었다. 사향뒤쥐는 해먹에 누워 잿빛 사과나무를 올려다보았다.

무민이 소리쳤다.

"저기요, 아저씨! 어떻게 된 거예요? 왜 죄다 잿빛으로 변한 거예요?"

사향뒤쥐가 말했다.

"귀찮게 굴지 말고 저리 가서 놀아! 놀 수 있을 때 힘껏 놀도록 해라. 어쨌거나 우리는 그 일에 속수무책이니, 철학적으로 받아들이는 편이 나아."

무민이 소리를 질렀다.

"어떤 일 말이에요?"

사향뒤쥐가 차분히 말했다.

"물론 지구의 멸망이지."

무민은 몸을 돌려 무민마마가 아침 커피를 준비하고 있는 부엌으로 급히 뛰어 들어가 소리를 질렀다.

"엄마! 모든 게 다 잿빛이고 사향뒤쥐 아저씨는 지구가 멸망할 거래요! 와서 좀 보세요!"

무민마마는 화덕에 커피를 올려놓고 무민과 함께 정원으로 나왔다.

무민마마가 말했다.

"정말 그렇구나. 어쩜 이렇게 소름끼칠 만큼 먼지가 쌓일 수 있지!"

무민마마가 한 손으로 나뭇잎을 문지르자, 손이 완전히 새까매졌고 조금 끈적거리기까지 했다.

무민이 소리쳤다.

"어젯밤에 사향뒤쥐 아저씨가 자연의 이치에 어긋나는 비라고 말했었어요. 공기가 심상치 않았다고, 목덜미가 으스스해졌다고, 지구는 너무 작다고도 했었는데……."

무민마마가 설명했다.

"사향뒤쥐 아저씨는 그냥 좀 화가 나셨던 걸 거야. 집이 못쓰게 되고 배 속이 차가우면 그럴 수 있단다. 커피를 마시고 나면 엄마가 나가서 먼지가 가장 많이 쌓인 데를 털어낼 거야. 그러니까 이제 진정하렴. 쓸데없이 스니프를 놀라게 하지 말고."

무민마마는 집 안으로 들어가서 무민파파를 찾았다.

무민마마가 말했다.

"바깥이 어떻게 됐는지 봤어요?"

무민파파가 흥미롭다는 듯 말했다.

"물론이죠. 냄새를 맡아 보니까 인(燐) 같았어요! 아주 흥미진진한 현상이에요."

무민마마는 무민파파의 말에 반박하고 나섰다.

"하지만 애들이 무서워해요. 사향뒤쥐 선생 때문에 더 겁먹었고요. 그 양반이 밝은 이야기를 하거나 아님 아예

아무 말도 하지 않도록 당신이 어떻게 좀 해 보지 그래요?"

무민파파가 다짐했다.

"해 볼게요. 하지만 사향뒤쥐 선생은 오랫동안 혼자 살아서 그런지 내키는 대로 말하는 편이라 잘 될지 걱정스럽군요."

무민파파가 옳았다. 아침 커피를 마시는 자리에서 사향뒤쥐는 탁자 전체를 우주로 만들어 버렸다.

사향뒤쥐는 설탕 그릇을 가리키며 말했다.

"이게 태양이오. 이 비스킷들은 모두 별이오. 그리고 이 부스러기는 지구이외다. 지구는 무척 작소! 우주는 끝없이 거대하오. 게다가 칠흑 같은 암흑이라오. 그 속에는 전갈, 곰 그리고 숫양 같은 괴물들이 허공을 떠돌고……."

무민파파는 사향뒤쥐의 말을 끊었다.

"그건 그렇고요."

하지만 사향뒤쥐는 아랑곳없이 말을 이어 나갔다.

"태양 너머 공간은 이 베란다 탁자를 벗어나오. 저 바깥 말이외다!"

사향뒤쥐는 샌드위치를 정원으로 내던졌다. 무민마마는 남은 샌드위치를 사향뒤쥐 앞에서 치우며 말했다.

"저기요, 태양계가 많은가요?"

사향뒤쥐는 음울하지만 만족스럽다는 듯 대답했다.

"무수하오. 그러니 여러분은 지구가 멸망하든 그렇지 않든 별다른 의미가 없다는 점을 이해해야 할 거요."

무민마마는 한숨을 쉬었고, 스니프는 소리를 질렀다.

"난 멸망하고 싶지 않아요! 동굴을 찾아냈단 말이에요! 이대로 멸망해 버릴 수는 없어요!"

무민파파가 사향뒤쥐 쪽으로 몸을 숙이고 말했다.

"선생, 해먹에서 잠시 생각할 시간을 가지면 어떻겠습니까? 그게 좋지 않겠습니까?"

사향뒤쥐가 말했다.

"날 이 자리에서 치워 버리려고 그러시는구려."

사향뒤쥐가 지구였던 비스킷 부스러기를 훅 불어 탁자 가장자리 너머로 떨어뜨렸다. 무민은 울상을 지었다.

무민마마가 말했다.

"우리는 이제 얼른 강으로 내려가자꾸나. 갈대로 배 만
드는 방법을 알려 줄게."

하루가 무척 느리게 흘러갔다. 스니프와 무민은 집에서
멀리 떨어져 있는 동안 지구가 멸망할까 두려워 동굴에 가
지 못했다. 진주를 찾는 일이 갑자기 정말 우스꽝스럽게
느껴졌다. 무민과 스니프는 그나마 안전한 느낌이 드는 베
란다 계단에 앉아 푸른빛이라고는 눈곱만큼도 없는 새까
만 우주와 내던져진 샌드위치보다 의미 없는 태양계에 관
해 속닥거리기만 했다.

무민마마가 무민파파에게 걱정스럽게 말했다.

"애들이 뭐든 하게 해야 해요. 놀 생각을 하지 않아요.
사향뒤쥐 선생이 한 말에 정신을 빼앗겨서는 지구의 멸망
말고 다른 건 전혀 생각하질 못하고 있어요."

무민파파가 말했다.

"애들을 잠깐 집 밖으로 보내면 어떨까 싶어요. 사향뒤
쥐 선생이 천문대 이야기를 하더군요."

무민마마가 물었다.

"뭐라고요?"

무민파파가 말했다.

"천— 문— 대—. 강 아래에서 조금 떨어진 곳에 있나

봐요. 별을 관측하는 곳이죠. 애들이 별 말고 다른 데에 전혀 신경 쓰지 못한다면 차라리 별을 보는 게 낫지 않겠어요?"

"그래요. 당신이 옳을지도 모르겠네요."

무민마마는 이렇게 대답하고는 라일락 덤불에 쌓인 먼지를 털어 내기 시작했다.

깊은 생각을 마무리한 무민마마는 베란다 계단으로 가서 말했다.

"아빠와 엄마는 너희가 짧은 여행을 다녀오면 어떨까 싶구나."

무민이 대답했다.

"엄마, 지구가 언제 멸망할지도 모르는데 여행을 갈 수는 없어요."

작은 동물 스니프가 중얼거렸다.

"우주는 칠흑 같이 캄캄하고, 커다랗고 위험한 별도 가득한데요."

무민마마가 말했다.

"알고 있단다. 그러니까 너희가 바로 그 별들을 보러 가는 거야. 사향뒤쥐 아저씨가 그러는데, 근처에 별을 보는 곳이 있다더구나. 우리는 집에 있을 테니 너희가 가서 별이 얼마나 큰지, 우주가 정말 새까만지 알아보고 우리한테도 알려 주면 좋겠구나."

무민이 물었다.

"그러면 엄마 마음이 놓일 거라는 말이죠?"

무민마마가 대답했다.

"그렇고말고."

무민은 곧장 일어서서 말했다.

"우리가 알아볼게요. 엄마는 걱정할 필요 없어요. 아마 지구는 생각보다 훨씬 클 거예요."

스니프는 긴장한 탓에 다리가 풀린 채 생각했다.

'나도 같이 갈 거야. 난 따라가지도 못할 만큼 꼬마가 아니니까!'

스니프는 몸을 돌려 무민마마를 바라보며 말했다.

"저희가 해결할게요. 마음 놓으세요. 하지만 제가 없는 동안 잊지 말고 날마다 계단에 우유 한 그릇씩 내놔 주세요. 왜 그런지는 비밀이라 말 못 해요."

3

엄청난 여행을 떠나는 날, 아침 일찍 일어난 무민은 날씨가 어떤지 보려고 창으로 달려갔다. 날은 여전히 흐렸다. 낮게 드리워진 구름은 산비탈에 걸려 있었고, 정원에는 나뭇잎 하나 움직이지 않았다.

무민이 소리쳤다.

"스니프! 일어나! 우리 출발해야 해!"

무민은 계단을 달음박질쳐 내려가면서 자신이 거침없고 굉장히 강인한 것처럼 느껴졌다.

무민마마는 짐을 꾸리고 있었다. 손수 만든 샌드위치 도시락 말고도 거실 탁자 위에는 털양말과 바구니와 작은 상자가 수북이 쌓여 있었다.

무민이 말했다.

"엄마, 그걸 다 가져갈 수는 없어요. 비웃음을 당할 거예요."

무민마마는 스웨터 두 벌과 프라이팬을 챙겨 넣으며 말했다.

"외로운 산은 춥단다. 나침반은 있니?"

무민이 말했다.

"네. 그럼 접시라도 빼면 안 돼요? 푸른 나뭇잎을 접시로 쓰려고 했어요."

"우리 아들 좋을 대로 하렴."

무민마마는 이렇게 말하고 접시들을 꺼냈다.

"아빠는 뗏목을 정비하고 계신단다. 사향뒤쥐 아저씨는 주무시고. 스니프는 어디 있니?"

잠이 덜 깬 스니프가 짜증 섞인 목소리로 대답했다.

"여기 있어요."

스니프는 너무 졸려서 얼굴을 잔뜩 찌푸리고 있었다. 하지만 까치발로 계단에 나가 우유 그릇을 들여다보자마자 잠이 확 달아나 버렸다. 그릇 안에 있던 우유는 어제처럼 가득 차 있지 않았고, 스니프는 우유가 줄었다고 확신했다. 새끼 고양이가 왔던 게 틀림없었다. 새끼 고양이는 또 올 테고, 계단에 앉아 기다리다 스니프가 집으로 돌아오면 반겨 줄 것이었다. 그러고 나면 온 우주가 편안히 잠들리라.

강가에는 돛까지 올린 뗏목이 기다리고 있었다.

무민파파가 말했다.

"이제 강 한가운데로 쭉 가렴. 둥근 지붕에 희한하게 생긴 건물이 바로 천문대란다. 사향뒤쥐 선생이 그러는데, 그곳에는 별 말고는 아무것도 신경 쓰지 않는 교수들이 많이 산다더구나. 너희가 보고 싶어 하는 셀 수 없이 많은 크고 작은 별 말이지. 뗏목 매는 밧줄을 잡으렴! 잘 다녀오고!"

무민과 스니프가 소리쳤다.

"다녀올게요."

뗏목이 강을 미끄러져 가기 시작했다.

무민마마가 소리쳤다.

"즐거운 시간 보내고! 일요일에 월귤 셔벗을 먹을 거니까 그때까지는 돌아오렴! 추우면 잊지 말고 털바지 꼭 입고! 변비약은 왼쪽 주머니에 있단다……."

그러나 뗏목은 이미 첫 번째 물굽이를 돌아간 뒤였고, 무민과 스니프 앞에는 인기척 하나 없는 매혹적인 강이 미지를 향해 저 멀리까지 펼쳐져 있었다.

강가 높이가 차츰 더 높아졌고, 저 멀리 그림자 같은 외로운 산이 하늘을 향해 우뚝 솟아 있는 게 보였다. 강은 하늘처럼 잿빛이었고 무척 고요했다. 지저귀는 새 한 마리, 수면을 가르며 헤엄치는 물고기 한 마리 없었다. 천문대도 보이지 않았다.

작은 동물 스니프는 뗏목을 몰겠다고 고집을 부렸지만 이내 싫증을 내며 물었다.

"우리 언제 도착해?"

무민이 대답했다.

"이번 여행은 아주 중요해. 이런 여행을 함께할 수 있는 작은 동물은 많지 않아."

스니프는 무민의 말에 맞섰다.

"하지만 아무 일도 일어나지 않잖아. 똑같이 생긴 잿빛 강가만 계속 보이고 딱히 할 일도 없어. 진주나 캐고 동굴에 놓을 작은 선반이나 만들 걸 그랬어……."

무민이 말했다.

"진주는 그냥 흰 돌멩이일 뿐이야. 이 여행은 아주 중요한 일이고. 알아듣겠어? 우리는 지구가 언제 멸망할지 모르니까 어떻게 대처해야 할지 알아보려고 길을 나선 거야. 게다가 어제 넌 위험한 별들 말고 다른 이야기는 전혀 하지도 않았잖아."

스니프가 말했다.

"그건 어제 일이고."

잿빛 강은 말없이 미끄러지듯 흘러가기만 했다. 저녁노을 속에서 동쪽으로 향하는 해티패티 50여 마리가 보였다.

무민이 말했다.

"올해는 해티패티들이 늦었네. 가까이에서 해티패티를 본 적 있어? 해티패티들은 아무 말도 없고, 다른 누구도 신경 쓰지 않아. 그저 수평선만 빤히 쳐다보면서 양손을 흔들며 계속 나아가기만 해. 아빠가 그러는데, 해티패티들은 늘 어딘가를 그리워하며 가고 있지만 절대 도착하지는 못한대……."

스니프는 해티패티들을 바라보았다. 해티패티들은 새하얗고 무척 작은 데다 얼굴도 없었다.

스니프가 말했다.

"됐어. 해티패티들을 가까이에서 본 적도 없고, 그러고 싶지도 않아. 우리 언제 도착해?"

무민은 한숨을 내쉬고 뗏목을 몰아 다음 물굽이를 돌았다. 그런데 그때 아래쪽 강가에 있는 이상한 물체가 눈에 띄었다. 꼭 샛노란 원뿔 모양 설탕 덩어리 같았다. 무민과 스니프가 하루를 통틀어 처음으로 본 밝은 빛깔이기도 했다.

스니프가 소리쳤다.

"저게 뭐야? 천문대야?"

무민이 말했다.

"아니야. 천막이야. 노란 천막. 안에 불이 켜져 있고……."

무민과 스니프가 더 가까이 다가가자, 천막 안에서 새어나오는 하모니카 소리가 들렸다. 무민이 방향타를 돌리

자, 뗏목은 천천히 강가 가장자리로 돌아 들어가더니 가
만히 멈추었다.

　무민이 조심스럽게 소리쳤다.

　"거기 누구 있어요?"

　음악이 그쳤다. 그러더니 초록색 낡은 모자를 쓰고 담뱃
대를 입에 문 스너프킨이 천막 밖으로 나와 말했다.

　"안녕. 밧줄을 이쪽으로 던져. 혹시 배에 커피 좀 있어?"

　스니프가 소리쳤다.

"한 통 있어! 설탕도 있고. 나는 스니프고, 적어도 천 킬로미터를 여행하는 내내 거의 배를 몰았고, 집에는 'ㄱ'으로 시작해서 'ㅣ'로 끝나는 비밀이 있어! 얘는 무민이야. 얘네 아빠는 집도 다 지었어!"

스너프킨은 둘을 쳐다보며 말했다.

"그래? 나는 스너프킨이야."

스너프킨은 천막 바깥에 작은 모닥불을 피운 다음, 그 위에 커피 주전자를 올려놓았다.

무민이 물었다.

"넌 여기서 혼자 살아?"

스너프킨은 잔 세 개를 꺼내며 대답했다.

"여기저기에서 산다고 할 수 있지. 오늘은 우연히 여기 있지만, 내일은 다른 데 있겠지. 천막을 치고 사는 건 참 좋은 일이야. 너희는 어디 찾아가는 길이야?"

무민은 진지하게 대답했다.

"응. 천문대에. 우린 위험한 별들을 살펴보고 우주가 진짜 새까만지 알아볼 거야."

스너프킨이 말했다.

"긴 여행이 되겠는걸."

그러고 나서 스너프킨은 꽤 오랫동안 말이 없었다.

커피가 끓어오르자, 스너프킨은 잔에 커피를 따르며 말

했다.

"혜성이라면 우리가 알 길은 없어. 혜성은 자기 마음 내킬 때 오가거든. 이쪽으로 오지 않을지도 몰라."

눈동자가 새까매진 스니프가 물었다.

"혜성이 뭔데?"

스너프킨이 말했다.

"위험한 별들을 살펴보러 나왔다면서 혜성을 모른다고? 혜성은 빛나는 꼬리를 달고 우주를 정신없이 헤매는 외로운 별이야. 다른 별들은 모두 정해진 길을 돌지만, 혜성은 아무 데서나 나타나. 지금처럼."

스니프가 속삭였다.

"그럼 어떻게 되는데?"

스너프킨이 말했다.

"고약해지지. 지구가 산산조각 나 버려."

무민이 쏘아붙였다.

"네가 그걸 어떻게 다 아는데?"

스너프킨은 어깨를 으쓱하고 말했다.

"다들 그러던걸. 커피 더 줄까?"

무민이 말했다.

"됐어. 그만 마실래."

스니프가 소리쳤다.

"나도! 속이 안 좋아……. 토할 것 같아!"

셋은 묵묵히 앉아 오랫동안 황량한 풍경을 바라보았다. 스너프킨은 하모니카를 꺼내 분명치 않은 저녁 노래를 연주했다.

이제 위험에 이름이 생겼다. 혜성이라는 이름이었다. 무민은 고요하고 여느 때와 다름없는 잿빛 하늘을 올려다보았다. 그러나 이제 무민은 알고 있었다. 저 구름 떼 너머 어디에선가 불타는 별이, 기다란 꼬리를 빛내는 혜성이 점점 더 가까이 날아오고 있다는 사실을…….

무민이 갑자기 물었다.

"혜성이 언제 올까?"

스너프킨은 일어서며 말했다.

"너희가 갈 천문대에서 알아보고 있겠지. 하지만 오늘 저녁은 아닐 거야. 어두워지기 전에 산책이나 좀 할까?"

스니프가 수심에 잠겨 물었다.

"어디로?"

스너프킨이 말했다.

"음, 어디든. 하지만 네가 꼭 어딘가로 가야겠다면, 석류석 협곡을 보러 갈 수도 있어."

스니프가 소리쳤다.

"석류석! 진짜 석류석이야?"

스너프킨이 대답했다.

"그건 잘 모르겠어. 하지만 정말 아름다워."

무민과 스니프와 스너프킨은 황무지를 향해 떠나, 바위
와 가시덤불 사이를 조심스럽게 걸어갔다.

스너프킨이 말했다.

"햇빛이 비쳐야 석류석이 더 반짝일 텐데."

스니프는 아무 대답이 없었다. 스니프의 수염은 기대감에 바짝 곤두섰고, 속이 좋지 않은 느낌도 말끔히 가셨다.

이제 무민과 스니프와 스너프킨은 땅속 깊숙이로 틈이 나 있는 협곡을 더듬어 나아가고 있었다. 섬뜩하게 괴괴한 저녁노을 속에서 셋은 낮은 목소리로 서로에게 속삭였다.

"조심히 가."

스너프킨이 천천히 말했다.

"여기야."

무민과 스니프와 스너프킨은 몸을 숙이고 내려다보았다. 좁은 협곡 아래 스러지는 빛 속에서 붉은 돌멩이들이 무수하게 반짝이고 있었다. 새까만 우주를 떠도는 수많은 혜성처럼…….

스니프가 속삭였다.

"저거 다 네 거야?"

스너프킨은 무심하게 말했다.

"내가 여기 있는 동안은. 나는 보면 즐거워지는 모든 걸 다 가질 수 있지. 내가 바라면 온 지구까지도."

스니프가 안달이 나서 물었다.

"나 몇 개만 얻어 가도 돼? 저 석류석이면 쌍돛단배를 살 수 있을 텐데. 아니면 킥보드라도…….."

"원하는 만큼 가져가."

스너프킨은 이렇게 대답하고는 웃음을 터뜨렸다. 스니프
는 조심스럽게 협곡을 내려가기 시작했다. 코를 긁히고 여
러 번 떨어질 뻔하면서도 희망에 사로잡혀 멈출 줄 모르
고 계속 내려갔다.

마침내 협곡 바닥에 도착하자, 스니프는 숨을 깊이 들
이쉬고는 떨리는 손으로 석류석을 모으기 시작했다. 석류
석에 비하면 무민의 진주 돌멩이는 아무것도 아니었다! 빛
나는 석류석 더미는 점점 커져 갔고, 스니프는 행복에 젖
어 아무 말 없이 석류석을 주우러 협곡 안쪽으로 점점 깊
이 들어갔다.

저 위에서 스너프킨이 소리쳤다.

"어이, 스니프. 이제 올라와야 할 것 같은데?"

스니프가 소리 질렀다.

"아직 멀었어! 너무 많이 남았는걸……."

스너프킨이 소리쳤다.

"곧 이슬이 내리면 추워질 거야."

스니프가 말했다.

"알았어. 금방 올라갈게……."

그러더니 스니프는 커다란 석류석 두 개가 붉게 빛나고
있는 협곡 깊숙이 발을 내디뎠다.

　그때 끔찍한 일이 일어났다. 석류석 두 개가 반짝이며 움직인 것이었다. 석류석이 가까이 다가오고 있었다. 그 뒤로는 비늘로 뒤덮인 싸늘한 몸이 덜그럭거리며 따라왔다. 스니프는 딱 한 번 소리를 내지르고는, 돌아서서 냅다 달리기 시작했다. 풀쩍 뛰어오르고, 내달리다 넘어지고, 다시 일어나 전속력으로 내달려 암벽에 다다르자 공포에 질려 땀이 흥건한 양손으로 기어오르기 시작했다. 그 밑에서는 스니프를 쫓아오던 험악한 괴물이 쉭쉭거리는 소리를 느릿느릿 내뱉고 있었다.

　무민이 물었다.

　"무슨 일이야? 스니프, 왜 그렇게 서둘러?"

　스니프는 아무 대답 없이 기어오르기만 했고, 꼭대기까지 올라오자마자 쓰러져서는 처량하게 몸을 웅크렸다.

무민과 스너프킨은 협곡 아래를 내려다보았다. 그러자 석류석 더미 위에 웅크리고 앉아 있는 왕도마뱀이 보였다.

무민이 속삭였다.

"맙소사!"

스니프는 주저앉아 울고 있었다.

스너프킨이 말했다.

"이제 다 끝났어, 친구. 울지 마."

스니프가 훌쩍이며 말했다.

"석류석, 하나도 못 가져왔어!"

스너프킨은 스니프 곁에 앉아 자상하게 말했다.

"알아. 자꾸 뭔가를 갖고 싶어 하면, 그러니까 석류석을 가지고 다니려고 욕심 부리면 일이 꼬이는 법이야. 난 그냥 석류석을 바라보고, 길을 떠날 때는 머릿속에만 담아 두는데, 그러면 큰 가방을 들고 다니는 것보다 훨씬 재미있는 일이 많이 생겨."

스니프는 침울하게 말했다.

"배낭에 넣어서 가지고 다니면 되잖아. 물건을 바라보기만 하는 거랑 물건을 만져 보고 손에 넣는 건 전혀 달라."

스니프는 손으로 코를 팽 풀었다.

무민과 스니프와 스너프킨은 조금 서글픈 마음으로 생각에 잠긴 채 어두워지는 협곡을 되돌아 나왔다.

스너프킨은 여행을 더 즐겁게 만들어 주었다. 무민과 스니프가 전에 들어 본 적 없는 음악을 연주해 주었고, 카드놀이와 낚시를 가르쳐 주었다. 믿기지 않을 만큼 험난한 여행 이야기도 들려주었다.

물살도 빨라져 여기저기 작은 소용돌이가 치며 재미있어졌다. 강폭은 더 좁아졌고, 외로운 산은 더 가까워졌다. 외로운 산의 산봉우리들은 땅 위를 덮은 무거운 이불 같은 구름 속에 여전히 숨어 있었다. 천문대는 어디에도 보이지 않았다.

스니프가 말했다.

"이야기 좀 해 줘. 혜성 이야기 말고, 재미있는 걸로."

스너프킨은 앉아서 뗏목을 몰며 물었다.

"불을 뿜는 산 이야기를 들어 볼래?"

무민과 스니프는 진지하게 고개를 끄덕였다.

스너프킨은 담뱃대에 담배를 채우고 불을 붙였다. 그러고 나서 입을 열었다.

"한 번은 내가 온 땅이 검은 용암으로 뒤덮인 곳에 갔었어. 용암은 밤낮으로 우르릉거렸어. 땅은 잠들어 있었지만 잠결에 가끔 뒤척이고는 했지. 사방에 흩뿌려진 용암 덩어리를 뒤덮고 있는 증기 때문에 모든 게 비현실적이고 이상하게 보였어. 난 저녁나절에 도착했는데, 꽤 피곤해서 차를 좀 마시고 싶었지. 차는 끓이기 쉬웠어. 부글부글 끓는 온천물을 냄비에 채우기만 하면 됐으니까."

무민이 물었다.

"화상을 입지는 않았어?"

스너프킨이 말했다.

"죽마를 타고 다녔거든. 죽마를 타면 바위와 낭떠러지쯤은 쉽게 넘어갈 수 있어. 물론 갈라진 틈에 끼지 않도록 조심해야 하지만. 음, 난 가장 서늘한 곳을 찾아 차를

마셨어. 사방에서 물이 부글부글 끓으면서 증기가 올라오고 살아 움직이는 생명체도, 푸른 지푸라기 하나도 보이지 않았어. 그런데 잠들어 있던 땅이 갑자기 깨어났어. 커다란 굉음을 내면서 분화구 하나가 내 앞에서 열리더니 시뻘건 불꽃이랑 새까만 화산재가 어마어마하게 쏟아져 나오기 시작했지."

스니프가 소리를 질렀다.

"화산이라니! 그래서 어떻게 했어?!"

스너프킨이 말했다.

"그냥 보기만 했어. 끔찍이도 아름다웠거든. 땅에서 무리 지어 올라온 수많은 불의 정령이 불꽃처럼 날아다니는 게 보였지. 그렇지만 점점 더 뜨거워져서 결국 그을음투성이가 된 채 빠져나왔어. 산 밑으로 내려와 개울을 찾아서 물을 마시려고 엎드렸어. 개울물은 뜨거웠지만 펄펄 끓지는 않았어. 그런데 그때 작은 불의 정령 하나가 떠내려오는 거야. 개울에 빠져서 거의 빛을 잃은 채 말이야. 빛은 머리에만 남아 있었고, 쉭쉭 소리 나는 몸에서는 연기가 피어오르고 있었어. 그리고 그 정령은 나더러 자기를 구하라고 소리를 고래고래 질러 댔지."

스니프가 물었다.

"그래서 구해 줬어?"

스너프킨이 대답했다.

"물론이지. 불의 정령을 싫어할 일은 딱히 없었으니까. 하지만 화상은 입었어. 음, 정령은 땅으로 나오니까 다시 불타오르더라. 물론 정령은 고마워했고, 떠나기 전에 나한테 선물을 하나 줬어."

스니프가 소리쳤다.

"뭘 줬는데?!"

스너프킨이 말했다.

"땅속에서도 끄떡없는 화상 방지 기름 한 병. 불의 정령들이 지구의 가장 깊은 중심으로 들어갈 때 바르는 거야."

스니프는 넋을 잃은 눈길로 물었다.

"그럼 그 기름을 바르면 불 속도 지나갈 수 있어?"

스너프킨이 말했다.

"물론이지."

무민이 소리쳤다.

"그 이야기를 왜 이제야 하는 거야? 이제 우린 살았어. 그 기름만 있으면 혜성이 올 때……."

스너프킨이 고백했다.

"거의 다 썼어. 있지, 불 난 집에서 살림살이를 무사히 꺼내느라. 그때는 혜성이 올 줄 몰랐거든……. 이제 병 밑바닥에 아주 조금 남은 게 다야."

스니프가 물었다.

"작은 동물 하나한테 쓰기에는 충분할 거야. 말해 봐. 내 몸 정도면 충분하겠지?"

스너프킨은 스니프를 쳐다보며 말했다.

"어쩌면 충분할지도 몰라. 하지만 꼬리까진 어렵겠어. 꼬리는 탈 것 같아."

스니프가 말했다.

"정말? 그럼 차라리 몽땅 타 버리는 게 나아. 음, 그럼 아기 고양이 한 마리한테는 충분해?"

하지만 스너프킨은 그 말을 듣지 못했다. 꼿꼿이 앉아 냄새를 맡더니 불안한 듯 말했다.

"강 말인데. 뭔가 느껴지지 않아?"

무민이 말했다.

"강물 소리가 아까랑 완전히 달라졌어."

사실이었다. 강은 우물거리듯 으르렁대고 있었다. 무민과 스니프와 스너프킨을 둘러싼 강물 속에서 이전과는 확연히 다른 소용돌이가 일고 있었다.

스너프킨이 말했다.

"돛을 내려."

강물은 세차게 흘렀다. 긴 여행을 떠났다가 머잖아 집에 도착한다는 것을 깨닫고 갑자기 내달리는 사람처럼 강물이 앞으로 달려 나가고 있었다. 강폭이 좁아진 탓에 더욱 가까워진 강가에는 바위들이 뾰족뾰족 날카롭게 솟아 있었다.

스니프가 말했다.

"나 육지로 가고 싶어."

스너프킨이 말했다.

"우린 육지로 못 가. 강물이 잔잔해질 때까지 계속 가야 해."

그러나 강물은 잔잔해지지 않았다. 강물은 거품을 일며 좁은 강폭 사이를 더 세차게 비집고 들어갔다. 무민과 스니프와 스너프킨은 외로운 산 깊숙이까지 밀려들어 갔다. 뗏목은 깊은 협곡 아래에서 소용돌이에 휩쓸려 빙글빙글 돌았고, 한 줄기 기다란 무늬처럼 보이던 하늘은 더 가늘어졌다. 산속 어딘가에서 으르렁거리는 무시무시한 소리가 들려왔다.

무민은 스너프킨이 겁먹지는 않았나 싶어 돌아보았다. 스너프킨은 여전히 입에 담뱃대를 물고 있었지만, 담뱃불은 꺼져 있었다. 물이 뚝뚝 떨어지는 검은 협곡의 벽이 날아가듯 뗏목을 지나치며 더 크게 으르렁대는가 싶더니, 갑자기 뗏목이 기우뚱하고는 허공으로 날아올랐다.

스너프킨이 소리를 질렀다.

"이제 아래로 떨어지니까 뭐든 꽉 잡아!"

잠깐 동안 급류의 흰 거품과 굉음만이 가득했다. 아무도 스니프가 울부짖는 소리를 듣지 못했다. 작은 뗏목은 폭포를 지나서야 삐걱거리며 자세를 바로잡았다. 그리고 어둠 속으로 계속 나아갔다.

스니프가 소리쳤다.

"왜 이렇게 어두운 거야?"

아무도 대답하지 않았다.

모든 게 새까만 가운데 거품이 이는 물만 희뿌연 초록

색으로 빛났다. 뗏목은 소용돌이에 실려 속수무책 떠밀려 갔고, 암벽 굴이 뗏목 주위를 둘러쌌다. 가끔 암벽에 부딪힌 뗏목이 빙빙 돌기도 했다. 뒤에서 들려오던 폭포 소리마저 차츰 잦아들더니, 끝내 무민과 스니프와 스너프킨의 주위에 어둠과 침묵만이 감돌았다.

스니프가 바들바들 떨면서 물었다.

"너희 멀쩡해?"

무민이 대답했다.

"난 멀쩡한 것 같아. 엄마가 이 이야기를 들으면 엄청 놀라시겠지!"

"이제 가느다란 빛을 밝혀 볼까."

스너프킨은 손전등을 찾아냈다. 불빛은 새까맣게만 보이는 강물과 축축한 암벽 위를 불안하게 너불거렸다.

무민이 소곤거렸다.

"점점 더 좁아지는 것 같아. 더 좁아질 것 같지 않아?"

"어쩌면, 조금은."

스너프킨은 무민을 안심시키려고 이렇게 대답했다. 그러나 성공하지 못했다. 삐걱거리는 소리와 함께 돛대 꼭대기가 부러져 뗏목 안으로 떨어지고 말았다.

스너프킨이 소리쳤다.

"돛대를 버려야 하니까 도와줘! 빨리!"

돛대는 첨벙 소리와 함께 물속으로 사라졌다. 무민과 스니프와 스너프킨은 서로 꼭 달라붙어 기다렸다. 스니프는 갑자기 두 귀가 무언가에 닿는 느낌이 들었다.

스니프가 소리쳤다.

"내 귀! 내 귀가 천장에 닿았어!"

스니프는 뗏목 바닥에 납작 엎드려서는 양손으로 얼굴을 감쌌다. 바로 그때 뗏목이 턱 멈추어 섰다.

스너프킨이 말했다.

"가만있어. 움직이지 말고."

암벽 굴은 희미한 잿빛으로 가득 차 있어서 무민과 스니프와 스너프킨은 겁에 질린 서로의 얼굴만 간신히 보았다. 스너프킨은 손전등을 켜서 물속을 내려다보더니 말했다.

"돛대야. 가로누운 돛대에 뗏목이 걸렸어. 덕분에 우리가 뭘 피했는지 좀 봐!"

모두 고개를 내밀고 뗏목 밖을 내다보았다. 그러자 새까맣게 보이는 강물이 반짝이며 흐르고 또 흐르다 콸콸대는 끔찍한 소리와 함께 밑바닥을 가늠할 수 없는 구멍 속으로 곧장 쏟아져 내리는 모습이 보였다!

"이제 너희도, 너희랑 하는 여행도, 혜성도 다 지긋지긋해. 내가 위험해지면 다 너희 책임이랬지. 내가 육지로 가고 싶댔지! 너희가 나처럼 작으면……"

작은 동물 스니프는 이렇게 소리를 지르더니 울음을 터뜨렸다.

스너프킨이 말했다.

"이봐, 모험담에서는 다들 무사히 위기에서 벗어나는 법이야. 위를 좀 봐."

스니프는 팽하고 코를 풀고 나서 위를 올려다보았다. 바위 사이로 길게 난 틈새 저 멀리로 잿빛 하늘 한 줄기가 보였다.

스니프가 말했다.

"그래서 뭐? 난 파리가 아니거든. 그리고 내가 파리라도 소용없어. 어려서 귓병을 앓고 난 뒤부터 어지럼증이 생겼단 말이야."

그러더니 스니프는 다시 울음을 터뜨렸다.

스너프킨은 하모니카를 꺼내더니 연주를 시작했다. 꽤 큰 모험이 아니라 정말 엄청난 대모험을 그린 노래였고, 후렴구는 뜻밖에 벌어진 일과 위기를 넘기는 이야기였다. 마음이 조금 가라앉은 스니프는 수염에 방울진 눈물을 닦아냈다. 그러나 바위틈을 비집고 나가 높이 날아오른 노랫가락은 메아리를 연달아 불러들이더니 결국 포충망을 옆에 놓고 앉은 자세로 잠들어 있던 헤물렌을 깨웠다.

헤물렌은 주위를 둘러보며 말했다.

"이게 무슨 소리지?"

헤물렌은 하늘을 올려다보고, 포충망을 살펴본 다음, 딱정벌레 채집통 뚜껑을 열어 안을 들여다본 뒤 말했다.

"시끄러워. 여기 소란스럽게 떠드는 게 있나 본데."

(헤물렌은 음악과는 영 거리가 멀다.)

마지막으로 헤물렌은 돋보기를 들고 풀밭을 살피기 시작했다. 헤물렌은 귀를 기울인 채 코를 킁킁대며 두리번거리다 땅에 난 깊은 틈새에까지 다다랐다. 그 밑은 정말 무시무시하게 시끄러웠다.

헤물렌이 혼잣말했다.

"엄청 특이한 곤충인 게 틀림없어. 희귀한 건 물론이고, 어쩌면 이제껏 발견된 적 없는 곤충일지도 몰라!"

이런 생각이 들자, 헤물렌은 흥분을 감추지 못하고 긴

얼굴을 틈새 안으로 들이밀었다.

무민이 소리를 질렀다.

"저기 좀 봐! 헤물렌 아저씨야!"

스니프가 고함을 쳤다.

"살려 주세요! 우리 좀 살려 달라고요!"

"곤충들이 정신이 나갔군."

헤물렌은 이렇게 중얼거리며 포충망을 틈새 안으로 들이밀었다. 포충망을 끌어올릴 때는 무거워 끙끙거렸다. 헤물렌은 포충망을 끌어당기고 또 끌어당긴 다음, 안에 무엇이 담겼는지 들여다보았다.

헤물렌은 포충망 안에서 무민과 스너프킨과 스니프와 천막과 배낭 두 개를 털어내며 말했다.

"엄청 희한한 녀석들이로군."

무민이 말했다.

"정말 고맙습니다. 아저씨가 막판에 저희를 구해 주셨어요."

헤물렌이 놀라서 말했다.

"내가 너희를 구했다고? 꼭 그러려던 건 아니었다만. 난 그냥 저 안에서 시끄럽게 굴던 희귀 곤충 몇 마리를 찾으려던 것뿐인데."

(헤물렌들은 대부분 눈치가 없는 편인데, 약 올리지만 않는다

면 친절하다.)

스니프가 물었다.

"여기가 외로운 산이에요?"

헤물렌이 대답했다.

"글쎄, 잘 모르겠다. 하지만 흥미로운 나방들은 많지."

스너프킨이 말했다.

"네. 외로운 산이라서 그래요."

주위에 황량하기 그지없는 잿빛 거대한 산줄기들이 솟아 있었다. 무척 고요했고, 공기는 서늘했다.

스니프가 또 물었다.

"음, 천문대는 어디 있어요?"

"그것도 잘 모르겠다."

이렇게 대답한 헤물렌은 슬슬 짜증이 나기 시작했다.

"그럼 너희는 나방에 관해 뭘 알지? 난 그게 궁금하군."

스니프가 말했다.

"저희는 그냥 혜성을 찾고 있을 뿐인데요."

헤물렌이 흥미롭다는 듯 물었다.

"희귀한 건가?"

스너프킨이 대답했다.

"그렇다고 할 수 있어요. 백 년에 한 번쯤 나타나거든요."

헤물렌이 말했다.

"유례없을 정도로군. 그런 건 응당 잡아야 하는 법이지. 혜성은 어떻게 생겼지?"

무민이 말했다.

"빨갛고 꼬리가 길어요."

헤뮬렌은 공책을 꺼내 무민의 말을 받아 적으며 중얼 거렸다.

"혜성은 필리크나르쿠스 스누프시갈로니카 종이 분명해."

헤뮬렌이 말했다.

"똑똑한 친구들, 하나 더 물어보자. 이 놀라운 곤충은 뭘 먹고살지?"

"헤뮬렌이요."

스니프가 이렇게 말하고는 킥킥거렸다.

헤물렌은 얼굴이 새빨개져서 말했다.

"과학은 농담거리가 아니야. 그럼 이만. 내 말 명심하고."

헤물렌은 딱정벌레 채집통을 그러모으더니 포충망을 집어 들고는 곧장 외로운 산 깊숙이 걸어가기 시작했다.

스니프가 어처구니없다는 듯 소리쳤다.

"헤물렌 아저씨는 혜성이 딱정벌레 같은 거라고 생각했어. 진짜 바보 같아! 엄청 신기하고! 그나저나 이제 커피 좀 마시고 싶어!"

스너프킨이 말했다.

"커피 주전자는 뗏목에 남아 있어."

커피를 무척 좋아하는 무민은 틈새로 급히 달려가 밑을 들여다보더니 소리쳤다.

"뗏목이 사라져 버렸어! 커피 주전자가 지하로 떨어져 버렸다고! 커피 없이 이제 뭘 어떻게 하지?"

스너프킨이 말했다.

"팬케이크나 먹자."

무민과 스니프와 스너프킨은 불을 피워 팬케이크를 튀겼다. 팬케이크를 만들 방법은 그뿐이었다.

팬케이크를 모두 먹어치운 뒤, 셋은 가장 높은 산맥을 골라 정상을 향해 천천히 오르기 시작했다. 천문대는 최

대한 별 가까이에 지을 것이기 때문이었다.

늦은 저녁이었다. 산줄기들은 태곳적 모습을 간직한 채 엄숙하게 서서 꿈을 꾸고 있었고, 봉우리들은 얼음처럼 피어오르는 차디찬 회백색 안개 사이로 서로를 쳐다보고 있었다. 이따금 두터운 층운에서 구름 한 줄기가 흘러나와 수리와 콘도르가 둥지를 튼 산비탈을 천천히 미끄러져 갔다.

어느 산봉우리에서 작디작은 불빛이 반짝였다. 더 가까이에서 보았다면 빛이 새어나오는 노란 천막을 발견할 수도 있었을 것이다. 황량한 풍경에 스너프킨의 쓸쓸한 하모니카 소리가 퍼져 나가, 하이에나 한 마리가 저 멀리에서 고개를 치켜든 채 귀를 기울였다. 난생처음 음악을 들은 하이에나는 오래도록 끔찍한 소리로 울부짖었다.

스니프는 불빛 가까이로 바짝 다가들며 말했다.

"저 소리는 뭐지?"

스너프킨이 말했다.

"위험하지 않으니까 걱정할 거 없어. 이번에는 가장무도회에 간 호박벌 노래를 들려줄게."

그리고 나서 스너프킨은 다시 하모니카를 연주했다.

무민이 말했다.

"좋은 노래였어. 하지만 호박벌에게 무슨 일이 있었는지, 가장무도회는 재미있었는지 모르겠어. 대신 다른 이야기를 해 줘."

스너프킨은 잠깐 동안 곰곰이 생각하고는 입을 열었다.

"내가 몇 주 전에 만났던 스노크들 이야기를 했던가?"

무민이 말했다.

"아니. 스노크가 뭔데?"

스너프킨이 놀라서 되물었다.

"정말 스노크를 몰라? 스노크들은 분명히 너랑 친척일 거야. 똑같이 생겼거든. 다른 게 있다면 네 몸은 늘 흰색이 지만, 스노크들은 몸 색깔이 여러 색깔인데 화가 나면 색 깔이 바뀐다는 것뿐이야."

무민은 화가 치밀어 쏘아붙였다.

"우리는 절대 스노크랑 친척이 아니야. 우리는 몸 색깔 을 바꾸는 그따위 종족이랑은 친척이 아니라고. 무민 종 족은 하나뿐이고 흰색이야!"

스너프킨은 태연하게 말했다.

"어쨌든 스노크들은 너랑 많이 닮긴 했어. 외모가 그렇 다는 거야. 스노크는 사물을 정리하고 설명하는 걸 좋아 했는데, 듣고 있자면 꽤 고역이었지. 스노크의 여동생은 스노크가 말하면 듣기는 했지만, 내가 보기엔 딴생각을 하는 것 같았어. 자기 자신이 어떤지 생각하고 있었을지도 모르지. 스노크의 여동생은 온몸에 부드럽고 고운 솜털이 나 있었고, 쉴 새 없이 앞머리를 빗었어."

무민이 말했다.

"바보 같아."

스니프가 물었다.

"그다음에는 무슨 일이 있었는데?"

스너프킨이 말했다.

"아, 별일은 없었어. 스노크메이든은 풀을 엮어서 작은 요를 만들기도 했고, 배가 아프면 배 아픈 데 잘 듣는 수프를 끓이기도 했어. 그리고 귓가에 꽃을 꽂고 왼발에 금발찌를 차고 다녔지."

스니프가 소리쳤다.

"아무 이야기도 아니잖아. 신나지도 않고!"

"난생처음 몸 색깔을 바꾸는 스노크를 만난다고 생각해 봐. 신날 것 같지 않아?"

스너프킨은 이렇게 묻고는 하모니카 연주를 이어 갔다.

"여자애들 얘기는 바보 같아. 스너프킨, 너도 그렇고."

무민은 이렇게 말하고는 침낭 안으로 기어 들어가서 천막 가장자리 쪽으로 고개를 돌리고 누웠다.

하지만 그날 밤, 무민은 꿈속에서 자신과 닮은 스노크메이든을 만나 귓가에 꽂을 장미 한 송이를 건넸다.

4

아침에 잠에서 깬 무민이 말했다.

"정말 바보 같았어."

천막 안은 얼음장처럼 추웠다.

차를 끓이고 있던 스너프킨이 말했다.

"오늘은 가장 높은 산봉우리로 올라갈 거야."

"거기에 진짜 천문대가 있을지 어떻게 알아?"

스니프는 이렇게 말하며 산봉우리를 보려고 고개를 들었다. 그러나 산봉우리는 두터운 잿빛 구름 안에 숨어 있었다.

스너프킨이 대답했다.

"저기 좀 봐. 담배꽁초가 여기저기 널려 있잖아! 교수들이 내다 버린 거지."

자신이 먼저 담배꽁초를 발견하지 못해 실망한 스니프가 말했다.

"아, 그렇구나."

무민과 스니프와 스너프킨은 혹시 몰라 서로를 이어 주는 구조 밧줄을 배에 둘러 맨 채 좁고 구불구불한 산길을 오르기 시작했다.

맨 뒤에서 걷던 스니프가 말했다.

"이러다 위험해지면 다 너희 책임이라고 말했던 거 잊지 마. 그리고 나 귓병도 앓고 있다고 분명히 말했어."

길은 갈수록 가팔라졌고, 셋은 점점 더 높이 올라갔다. 주위 모든 것은 태곳적 모습을 간직하고 있었고, 거대하다 못해 쓸쓸하기까지 했는데, 정말이지 무시무시하게 쓸쓸했다.

유일하게 보이는 생명체라곤 풀 한 포기 없는 벼랑 사이에서 날개를 활짝 편 채 날고 있는 콘도르 한 마리뿐이었다.

스니프가 말했다.

"새가 엄청나게 커! 분명히 저 위에서 외롭게 살고 있을 거야!"

스너프킨이 말했다.

"어딘가에 아내랑 어린 자식들 여럿이 있을지도 몰라."

콘도르는 위풍당당하게 활공하며 냉정한 눈과 굽은 부리가 달린 머리를 이리저리 돌렸다. 그러다 무민과 스니프와 스너프킨의 바로 위에서 날개를 파르르 떨며 멈추었다.

스니프가 궁금하다는 듯 물었다.

"콘도르가 지금 무슨 생각을 하는 걸까?"

무민이 말했다.

"내가 보기엔 화난 것 같은데. 우리를 어떻게 할까 생각하는 게 아닐까……."

뒤이어 스너프킨이 소리쳤다.

"콘도르가 달려들고 있어!"

무민과 스니프와 스너프킨은 모두 암벽으로 몸을 던졌다. 콘도르는 퍼덕거리는 날갯짓 소리와 함께 셋을 향해 곤두박질치듯 내려왔다. 셋은 암벽에 나 있던 작은 틈새로 비집고 들어가 공포에 사로잡힌 채 서로를 꼭 붙들고 숨죽일 수밖에 없었다. 이제 콘도르가 코앞까지 다가왔다! 폭풍처럼 달려든 녀석이 거대한 날개로 절벽을 때리자, 무민과 스니프와 스너프킨의 주위가 어두컴컴해졌다. 상상할 수 없을 만큼 끔찍했다!

그러더니 갑자기 다시 조용해졌다. 셋은 바들바들 떨면서 고개를 내밀었다. 콘도르는 어두운 협곡 저 깊은 곳에서 커다란 반원을 그리며 날고 있었다. 그러더니 재빨리 솟구쳐 올라 산속으로 날아갔다.

스너프킨이 말했다.

"사냥에 실패해서 부끄러운 거야. 콘도르는 자존심이 무척 세거든. 한 번 놓친 사냥감은 다시 사냥하지 않아."

스니프가 흥분해서 소리쳤다.

"콘도르가 어린 자식들이랑 있다니! 엄청 감동적이야! 게다가 왕도마뱀이랑 땅속으로 쏟아지는 폭포까지! 나처럼 작은 동물한테는 정말 엄청난 모험이야!"

무민이 말했다.

"우리한테는 가장 큰 모험이 남아 있어. 혜성 말이야."

무민과 스니프와 스너프킨은 고개를 들어 자욱하게 낀 구름을 올려다보았다.

스너프킨이 말했다.

"하늘이 보였으면 좋겠어."

스너프킨은 콘도르가 떨어뜨리고 간 깃털을 집어 들어 모자에 꽂고 말했다.

"가자. 우리는 계속 가야 해."

오후가 되자 무민과 스니프와 스너프킨은 구름에 휩싸일 만큼 높이 올라갔다. 갑자기 차가운 안개가 주위를 감쌌고, 잿빛 구름 말고는 아무것도 보이지 않았다. 산길은 미끄러워 걷기 위험했다. 셋은 무시무시한 추위에 몸을 바들바들 떨었고, 지구의 중심으로 향하고 있을 털바지가 떠오른 무민은 서글퍼졌다.

스니프가 재채기를 하더니 말했다.

"난 구름이 털실 뭉치처럼 부드러워서 구름 속을 걸으면 기분이 좋을 줄 알았어. 우스꽝스럽기만 한 이따위 여행, 이제 지긋지긋해!"

무민이 갑자기 걸음을 멈추고 말했다.

"저게 뭐지? 저기 뭔가 반짝이는 게 있는데……."

스니프가 기운이 나서 물었다.

"다이아몬드야?"

"작은 팔찌 같아."

무민은 이렇게 말하더니 안개 속으로 곧장 들어갔다.

스너프킨이 소리쳤다.

"조심해! 그건 절벽 가장자리에 있다고!"

무민은 조심스럽게 한 발 한 발 내디뎠다. 절벽 끄트머리까지 가서는 엎드려서 한 손을 쭉 뻗었다.

무민이 소리쳤다.

"밧줄 꽉 잡고 있어 줘!"

스너프킨과 스니프는 온 힘을 다해 밧줄을 붙들었고, 무민은 절벽 가장자리 너머까지 몸을 내뻗었다. 마침내 무민은 팔찌를 쥐고 기어서 되돌아왔다.

무민이 말했다.

"금으로 만든 거야. 스노크메이든이 왼쪽 발에 금 발찌를 차고 있었다고 하지 않았나?"

스너프킨이 안타깝다는 듯 대답했다.

"맞아. 스노크메이든은 정말 예뻤는데. 아마 꽃을 꺾으

려고 위험한 곳도 서슴없이 가곤 했을 거야.”

스니프가 말했다.

“이젠 떨어져서 으깨져 버렸겠지.”

무민과 스니프와 스너프킨이 우울한 마음을 안고 더 높이 올라갔지만 그럴수록 더 지치고 추워지기만 했다. 결국 셋은 지친 다리를 쉬려고 주저앉아 조용히 흘러가는 잿빛 안개를 바라보았다. 그때 갑자기 구름에 틈이 생겼다. 그리고 무민과 스니프와 스너프킨의 발아래 구름바다가 펼쳐졌다. 위에서 내려다보는 구름바다가 너무 부드럽고 아름다운 나머지, 그 속을 헤치며 걷고 잠수하고 춤추고 싶어졌다.

스너프킨이 엄숙하게 말했다.

“이제 우리는 구름 위에 있는 거야.”

무민과 스니프와 스너프킨은 몸을 돌려 오랫동안 보지

못했던 하늘을 올려다보았다.

스니프가 겁에 질려 속삭였다.

"저게 뭐야?"

하늘이 더는 푸르지 않았다. 불그스레하고 부자연스러워 보였다.

스너프킨은 자신 없게 말했다.

"저녁노을일지도."

무민이 말했다.

"그래, 맞아. 해가 지는 거야."

하지만 무민도 스니프도 스너프킨도 저녁노을이 아니라는 것은 알고 있었다. 혜성이 저녁 하늘 위로 붉은빛을 뿌리고 있었다. 혜성은 지구와 지구에 사는 모든 생명을 향해 다가오고 있었다.

뾰족하게 솟아오른 산꼭대기에는 교수들이 수천 가지 중요한 관측을 하고 수천 개비씩 담배를 피우며 별들과 외로이 살아가는 천문대가 있었다. 탑 모양 천문대를 덮고 있는 둥근 유리 지붕 꼭대기에는 무지갯빛 유리 공이 달려 있었다. 유리 공은 쉬지 않고 천천히 돌았다.

무민이 스니프와 스너프킨보다 먼저 도착했다. 문을 연 무민은 걸음을 멈추고 문간에 가만히 서 있었다. 탑 전체

가 세상에서 가장 큰 천체 망원경이 쉴 새 없이 별을 바라
보는 커다란 방이었다. 우주를 바라보며 위험을 찾는 천
체 망원경은 고양이처럼 가르랑거리는 소리를 내며 천천
히 움직이고 있었다.

　방 안에는 땅딸막한 교수들이 잔뜩 있었는데, 모두 짧
은 다리로 이리저리 바쁘게 오가고 있었다. 교수들은 반짝

이는 놋쇠 계단을 오르내리는가 하면 나사를 죄고 측정하고 조정하고 이따금 공책에 무언가를 기록했다. 모두 무척 바빠 보였고, 하나같이 담배를 피우고 있었다.

"안녕하세요."

무민이 인사했지만 아무도 알아차리지 못했다. 무민은 가장 가까이 있는 외투 입은 교수에게 조심스럽게 다가가 외투 자락을 끌어당겼다.

교수가 말했다.

"자네, 또 왔군."

무민이 수줍게 설명했다.

"죄송하지만, 전 여기 처음 왔는데요."

교수가 말했다.

"일전에 자네와 아주 많이 닮은 이가 왔었네. 아무튼 지금은 짬 낼 틈이 없어. 돌아다니면서 유치한 질문이나 하는 녀석과 노닥거릴 시간은 없다고. 맙소사, 발찌라니. 내 평생 가장 흥미로운 대상이 나타났는데 말이지……. 혜성 말이네. 그나저나 자네는 여기 왜 왔나?"

무민이 우물거리며 대답했다.

"중요한 건 아니고요. 온몸에 솜털이 나 있었는지 궁금한데요……. 그러니까, 일전에 왔었다는 저랑 닮은 이 말이에요. 혹시 귓가에 꽃을 꽂고 있었나요?"

교수는 양손을 번쩍 치켜들더니 한숨을 내쉬고 말했다.

"솜털도 꽃도 난 관심 없네. 발찌도 관심 없고. 혜성을 기다리는 이런 때에 숙녀가 발찌를 잃어버린 게 무슨 의미가 있겠나?"

무민은 진지하게 대답했다.

"그렇겠네요. 정말 고맙습니다."

교수는 까치발을 들고 자신의 천체 망원경으로 걸어가며 대답했다.

"고마울 것까지야."

스니프가 속삭였다.

"아저씨가 뭐래? 혜성이 온대?"

스너프킨이 물었다.

"언제 떨어진대?"

무민이 말했다.

"그걸 깜박했네. 그보다 스노크메이든이 여기 왔었어! 벼랑에서 떨어진 게 아니었다고!"

스니프가 말했다.

"바보 같긴. 내가 가서 물어볼게. 어떻게 하는지 잘 보기나 해."

작은 동물 스니프는 다른 교수에게 다가가 말했다.

"아저씨가 얼마나 혜성을 잘 발견하시는지 자주 들었

어요!"

교수가 기뻐하며 말했다.

"그래? 이건 대단히 아름다운 혜성이네. 내 이름을 따서 명명할까 고심하고 있지. 잠깐 이쪽으로 와서 혜성을 좀 보게."

스니프는 교수를 따라 계단 꼭대기까지 올라갔다. 작은 동물로는 처음으로 스니프가 세상에서 가장 큰 천체 망원경을 들여다보게 되었다.

교수가 물었다.

"어때, 정말 아름답지 않나?"

스니프가 속삭였다.

"우주가 까매요. 새까맣다고요."

스니프는 온몸의 털이 쭈뼛 곤두설 만큼 너무 놀랐다. 암흑 한가운데에서 커다란 별들이 살아 있는 것처럼 깜박이고 있었다. 별들은 사향뒤쥐 말처럼 커다랬다. 그리고 저 멀리 새빨간 무언가가 사악한 눈빛을 내쏘고 있는 모습도 보였다.

스니프가 말했다.

"저게 혜성이군요. 저 빨간 게 혜성이고, 이쪽으로 오고 있어요."

교수가 맞장구쳤다.

"물론 다가오고 있네. 바로 그게 흥미로운 점이지. 저 혜성은 하루하루 날이 갈수록 더 잘 보인다네. 날마다 점점 더 커지고 붉어지고 아름다워지고 있지!"

스니프가 말했다.

"하지만 가만히 있는데요. 꼬리도 안 보이고요."

교수가 설명했다.

"꼬리는 뒤에 있다네. 혜성이 우리를 향해 곧장 오고 있으니 움직이지 않는 것처럼 보이는 걸세. 정말 아름답지 않나!"

스니프가 말했다.

"그게, 빨간 게 멋지긴 하네요. 그럼 혜성은 언제 와요?"

스니프는 작고 빨간 불꽃에 대한 두려움에 사로잡혀 꼼짝도 못 하고 천체 망원경을 들여다보고 있었다.

교수가 대답했다.

"내 계산에 따르면, 혜성은 8월 7일 저녁 8시 42분에 닿을 걸세. 그보다 4초 뒤에 닿을 수도 있고."

스니프가 물었다.

"그럼 어떻게 되나요?"

교수가 말했다.

"어떻게 되느냐고? 그 생각은 못 해 봤군. 하지만 경과는 꼼꼼히 기록해 둠세."

스니프는 후들거리는 다리로 계단을 내려가기 시작했다. 절반쯤 내려갔을 때, 스니프는 갑자기 걸음을 멈추고 물었다.

"오늘이 며칠이에요?"

교수가 대답했다.

"8월 3일일세. 현재 시각은 정확히 7시 53분이지."

스니프가 말했다.

"그럼 저희는 이만 집으로 돌아가야겠네요. 안녕히 계세요!"

작은 동물 스니프는 무민과 스너프킨에게 돌아가 우쭐댔다.

"까맸어. 칠흑 같이 새까맸다고."

무민이 물었다.

"뭐가?"

스니프가 설명했다.

"우주 말이지 뭐겠어. 혜성은 빨갛고, 뒤에 꼬리가 달려 있어. 그리고 8월 7일 저녁 8시 42분에 지구에 닿을 거야. 그보다 4초 뒤에 닿을 수도 있고. 교수와 내가 계산해 냈지."

무민이 말했다.

"그럼 우리는 얼른 집으로 돌아가야겠다. 일요일에 있을 중요한 일이 뭐였더라?"

스니프가 무심하게 말했다.

"월귤 셔벗. 정말 유치하단 말씀이야. 나 같은 천체 관측자한테는 말이지."

무민이 우물거렸다.

"하지만 어쨌든 서둘러야 해."

무민은 문을 열고 밖으로 내달렸다.

스너프킨이 소리쳤다.

"침착해. 그렇게 뛰어다니다가 까딱 잘못하면 낭떠러지 아래로 곤두박질치고 말거야. 혜성은 나흘 뒤에나 온다고!"

"지긋지긋한 혜성! 집에 가기만 하면 혜성은 엄마 아빠가 알아서 다 해결해 줄 거야……. 그보다 우린 스노크메이든을 찾아야 해! 스노크메이든은 내가 발찌를 찾아낸 줄 모를 거야!"

저녁노을 속으로 잠겨 들어간 무민은 밧줄로 이어진 나머지 둘을 끌어당겼다.

무서우리만치 불그스름한 하늘빛은 더욱 짙어졌다. 구름은 멀리 몸을 피해 버렸고, 너무도 이상한 저녁 하늘빛 아래로 맨몸을 고스란히 드러낸 산간 풍경이 펼쳐졌다. 저 멀리 가느다랗게 보이는 강줄기와 짙은 얼룩 모양의 숲이 희미하게 어른거렸다.

　스너프킨은 가만히 생각에 잠겼다.

　'음. 저 친구들이 집으로 돌아갈 생각을 하다니 다행이야. 스노크메이든은 혜성이 오든 말든 상관없이 발찌를 차고 있는 편이 더 나을 거고.'

5

8월 4일에는 더는 날이 흐리지 않았지만, 태양은 기묘한 그림자에 가려져 있었다. 외로운 산 위로 떠오른 태양이 붉은 하늘로 미끄러지듯 들어가면서 잠깐 동안 까맣게 보였다. 더위는 심해졌다. 무민과 스니프와 스너프킨은 밤새 걷고 또 걷기만 했다. 스니프가 투덜거렸다.

"힘들어. 지쳤다고. 이제 너희가 천막을 들고 갈 차례야. 프라이팬이랑."

스너프킨이 말했다.

"좋은 천막이기는 해. 그렇지만 가지고 있는 물건에 지나치게 애착을 갖지 않게 조심해야 해. 천막은 그냥 버려. 프라이팬도. 우리한테는 이제 프라이팬으로 해 먹을 수 있는 게 하나도 안 남았으니까."

스니프가 깜짝 놀라 물었다.

"진심이야? 낭떠러지 아래로 버리라고?"

스너프킨이 고개를 끄덕였다.

스니프가 절벽으로 다가가 중얼거렸다.

"이 천막 안에서 살 수 있을 텐데. 이걸 내가 가지면 죽을 때까지 내 천막이 될 텐데……. 무민, 나 어떻게 해야 좋을지 모르겠어!"

무민이 다정하게 말했다.

"너한테는 동굴이 있잖아."

그 말에 작은 동물 스니프는 웃음을 터뜨리며 짐 꾸러미를 통째로 허공에 내던져 버렸다. 짐 꾸러미는 험준한 암벽에 부딪힐 때마다 통통거리며 튀어 올랐고, 프라이팬은 팡파르 울리는 것 같은 소리를 냈다.

"멋지다!"

무민도 소리를 지르며 냄비들을 냅다 집어 던졌다. 그러자 훨씬 더 멋진 소리가 울려 퍼졌다. 마지막 냄비가 낭떠러지 저 밑바닥에 닿아 조용해질 때까지 소리는 오랫동안 이어졌다.

스너프킨이 물었다.

"이제 좀 나아졌어?"

스니프는 얼굴이 백짓장처럼 하얗게 질려 말했다.

"아니. 이제 어지러워!"

그러더니 스니프는 땅바닥에 드러누워 더는 못 가겠다고 버텼다.

무민이 말했다.

"이봐, 스니프. 우리 바빠. 최대한 빨리 찾아야……."

스니프가 말을 끊었다.

"알아. 안다고. 그 바보 같은 스노크메이든을 찾아야 한다는 말이잖아. 아무튼 나 토할 것 같으니까 건드리지 마!"

스너프킨이 말했다.

"쟤는 그냥 내버려두자. 스니프가 괜찮아질 때까지 기다리는 동안 우리는 돌이나 좀 굴려 보자. 돌을 굴려 본 적 있어?"

무민이 말했다.

"아니."

스너프킨은 벼랑 가장자리에 놓여 있는 커다란 바위를 골랐다.

"봐봐."

그러더니 "하나, 둘, 셋!" 하고 소리치며 스너프킨이 바위를 흔들자, 바위가 벼랑 끄트머리 너머로 사라졌다. 무민과 스너프킨은 달려가 내려다보았다. 바위는 천둥 치는 소리를 내며 춤추듯 내려가다 빙그르르 돌며 잘게 부서졌고, 메아리는 우르릉거리며 산비탈 이쪽에서 저쪽으로 오랫동안 울려 퍼졌다.

스너프킨이 뿌듯하다는 듯 말했다.

"산사태가 됐어."

"나도 해 볼래!"

무민은 이렇게 소리치더니 저 멀리 벼랑 끝에서 간신히 균형을 잡고 서 있는 훨씬 더 큰 바위로 갔다.

스너프킨이 소리쳤다.

"조심해!"

그러나 너무 늦었다. 바위는 우르르 소리를 내며 떨어졌고, 뒤이어 운 나쁜 무민이 날아갔다.

무민이 배에 구조 밧줄을 묶고 있지 않았더라면 이 세상에서 무민이 하나 줄었을 것이다. 스너프킨은 곧장 바닥에 드러누워 충격을 온몸으로 받아내며 버텼다. 하지만 너무 세게 부딪힌 나머지 스너프킨은 허리가 부러지는 것만 같았다.

벼랑에 꼼짝 못 하고 대롱대롱 매달린 무민은 무게가 꽤

나갔다. 스너프킨은 벼랑 끝으로 슬금슬금 끌려
가기 시작했다. 스너프킨과 스니프를 이어 주던 밧
줄도 점점 팽팽해지는가 싶더니 스니프도 질질 끌
려가기 시작했다.

스니프가 낑낑거렸다.

"나 좀 내버려 둬! 귀찮게 하지 말라고. 나 몸
이 안 좋다니까……."

스너프킨이 말했다.

"좀 이따 벼랑 아래로 떨어지면 더 안 좋아질
거야. 밧줄 잡고 끌어당겨!"

그때 벼랑 아래에서 무민이 소리쳤다.

"살려 줘! 나 좀 끌어올려 줘!"

고개를 든 스니프의 얼굴이 새파랗게 질려 있었는데, 이
번에는 공포 때문이었다. 스니프가 양손과 꼬리로 무게를
버티면서 뒤로 물러나려고 땅바닥 여기저기를 기어 다니
다 바위 사이에 밧줄을 건 덕분에 스니프와 스너프킨 모

두 더는 미끄러지지 않게 되었다.

스너프킨이 말했다.

"이제 네가 밧줄을 당겨야 해. 내가 '지금'이라고 말하면 젖 먹던 힘까지 짜내서 끌어당겨. 지금 말고. 지금은 아냐. 지금!"

그리고 나서 스너프킨과 스니프가 젖 먹던 힘까지 쥐어 짜서 밧줄을 당기자, 무민이 마침내 벼랑 끝에서 조금씩 보이기 시작했다. 처음에는 귀가, 그다음에는 눈이, 그다음에는 얼굴이, 그다음에는 얼굴이 조금 더 보였고, 결국 무민이 온전히 보였다.

무민이 말했다.

"맙소사! 이 일을 엄마가 보셨어야 했는데."

스니프가 말했다.

"무민, 안녕! 다시 만나서 반가워. 다 내가 해 낸 거야!"

무민과 스니프와 스너프킨은 바닥에 주저앉아 오랫동안 마음을 가라앉혔다.

갑자기 무민이 입을 열었다.

"우리가 어리석었어."

스니프가 말했다.

"너희가 어리석었지."

무민은 말을 이어 나갔다.

"용서받을 수 없는 잘못을 저질렀어. 이건 범죄야! 우리가 저 바위를 스노크메이든의 머리 위로 떨어뜨린 거면 어떡해!"

스니프가 말했다.

"지금쯤 납작해졌겠지."

무민이 벌떡 일어서더니 소리쳤다.

"우린 계속 가야 해. 지금 당장!"

칙칙한 태양이 떠 있는 불그스름한 하늘 아래, 무민과 스니프와 스너프킨은 계속 산길을 내려갔다.

산기슭에는 바위 틈새를 따라 얕은 개울이 흐르고 있었고, 반짝이는 황철석*이 바닥에 깔려 있었다. 개울물에는 헤물렌 하나가 지친 발을 담근 채 한숨을 쉬며 앉아 있었다. 그 옆에는 『북반구 곤충의 좋은 습성과 나쁜 습성』이라는 두꺼운 책이 놓여 있었다.

헤물렌이 중얼거렸다.

"기이하군. 꼬리가 붉은 게 하나도 없다니. 그럼 디데로 포르미아 프나토포게테스 종일 텐데, 그 종은 흔하디흔하고 꼬리도 없는데."

* **황철석**_ 연한 황동색 또는 금색으로 광택이 나는 광물.

　헤물렌은 다시 한숨을 내쉬었다. 그때 무민이 바위 모퉁이를 돌아 나오면서 말했다.

　"아저씨, 또 뵙네요."

　헤물렌이 말했다.

　"아이고, 아까는 어찌나 무섭던지. 너희 또 나타났구나. 난 너희가 산사태를 일으킨 줄 알았지 뭐냐. 오늘 아침에 어찌나 무시무시했던지 말도 못 하겠다."

　스니프가 물었다.

　"뭐가요?"

　헤물렌이 대답했다.

"산사태 말이다. 정말 끔찍했지. 집채만 한 바위가 사방에서 떨어져서 내 채집통 중에 가장 좋은 게 깨져 버렸지 뭐냐. 나도 냅다 도망쳤고. 내 머리에 난 혹 좀 봐라! 만지지 말고 그냥 보기만 해!"

스너프킨이 말했다.

"실은 저희가 돌아오던 길에 바위를 몇 개 떨어뜨려서 걱정하고 있었어요. 크고 둥그런 바위는 그냥 내버려두고 지나치기가 힘들어서 말이죠……."

헤뮬렌이 차분하게 물었다.

"그러니까 그 말은 너희가 산사태를 일으켰다는 거냐? 진작 알아차렸어야 했는데. 그래, 당연히 그랬겠지. 난 너희랑 친분이 있다고 생각해 본 적도 없을 뿐더러 이제 두 번 다시 너희를 가까이하고 싶지도 않다."

그리고 헤뮬렌은 몸을 돌려 지친 발로 물을 걷어찼다. 잠시 뒤 헤뮬렌이 말했다.

"왜 아직도 안 갔어?"

스너프킨이 대답했다.

"곧 갈 거예요. 저흰 그냥 아저씨가 하늘빛이 이상한 걸 느꼈는지 궁금해서요."

헤뮬렌이 놀라서 되뇌었다.

"하늘빛?"

무민이 말했다.

"네. 빨갛잖아요."

헤물렌이 말했다.

"잘 들어. 하늘은 자기가 원하면 격자무늬도 만들 수 있는 법이다. 그런 건 나한테 별 문제가 아니야. 난 하늘은 잘 안 보거든. 내가 걱정하는 일은 아름다운 개울이 말라 간다는 거다. 계속 이렇게 가다가는 물장구를 칠 수 없을 테니까."

무민이 입을 열었다.

"혜성은 크고 위험해요."

그러자 헤물렌이 벌떡 일어나더니 짐을 챙겨 개울 맞은편으로 건너가 버렸다.

스너프킨이 말했다.

"가자. 헤물렌은 원래 혼자 있는 걸 더 좋아하니까."

땅은 걷기 더 편해졌는데, 다양한 이끼가 뒤덮고 있었고 여기저기 꽃도 몇 송이 피어 있었다. 숲이 더욱 가까워졌다. 날은 무척 더웠다.

스너프킨이 물었다.

"너희 집은 어느 쪽이야? 혜성이 오기 전에 도착하려면 이제 길을 제대로 찾아 가야 해."

무민은 나침반을 들여다보더니 말했다.

"나침반이 너무 이상한데. 그냥 빙빙 돌기만 해. 나침반도 혜성이 무서운 걸까?"

스너프킨이 말했다.

"그럴지도 모르지. 아무튼 우리 느낌대로 가는 게 낫겠어. 난 한 번도 나침반을 믿은 적 없어. 나침반은 본능적인 방향 감각을 망가뜨릴 뿐이야."

스니프가 말했다.

"난 지금 본능적인 식욕이 느껴져. 우리 왜 이렇게 오랫동안 아무것도 안 먹은 거야?"

스너프킨이 말했다.

"먹을 게 동났으니까. 주스 마시면서 기분 좋은 일이라도 떠올려 봐."

무민과 스니프와 스너프킨은 작은 호수 가까이 다가갔다. 밑바닥이 드러난 호수는 고약한 냄새를 풍기는 웅덩이로 변해 있었고, 호숫가에는 끈적거리는 초록빛 물풀이 늘어져 있었다. 더는 쾌적하게 물놀이하기 좋은 호수가 아니었다.

스니프가 말했다.

"바닥에 구멍이 났나 봐. 그래서 물이 다 빠져나가고 있는 거야."

무민이 말했다.

"헤물렌 아저씨가 있던 개울도 얕아졌었어."

스니프는 주스 병을 들여다보더니 소리쳤다.

"이 주스도 줄었어!"

무민이 말했다.

"어휴, 스니프. 네가 마셨으니까 그렇지. 바보 같은 소리 좀 하지 마."

"바보는 너지!"

스니프는 지치고 무섭고 배고픈 나머지 소리를 질렀는데, 바로 그때 도와 달라고 외치는 소리가 들려왔다. 숲 속에서 나는 소리였다. 크고 날카로운 소리에 무민과 스니프와 스너프킨 모두 털이 쭈뼛 섰다. 무민은 쏜살같이 달려 나갔다.

스니프가 소리를 질렀다.

"기다려! 난 못 따라가! 아! 아야!"

배에 감긴 밧줄이 끌어당기는 바람에 스니프는 앞으로 고꾸라진 채 땅에 질질 끌려가며 계속 고함을 쳤다. 하지만 무민과 스너프킨은 앞만 보고 내달리다 밧줄이 나무에 걸려 서로 마주친 뒤에야 멈추어 섰다.

무민이 화내며 말했다.

"이 망할 밧줄 없애 버려!"

스니프가 말했다.

"너 지금 욕했어!"

무민이 되받아 치며 고래고래 고함을 질렀다.

"그래서 뭐! 스노크메이든이 도와 달라고 비명을 지르고 있잖아! 저건 분명히 스노크메이든이 내는 소리라고!"

스너프킨이 말했다.

"둘 다 진정해."

스너프킨은 칼을 꺼내 밧줄을 잘랐다.

무민은 벌떡 일어서서 짧은 다리로 재빨리 뛰어갔다. 멀리 떨어지지 않은 곳에서 무민은 공포로 온몸이 새파래진 채 소리 지르고 있는 스노크를 만났다.

"끔찍한 나무가 내 동생을 잡아먹으려고 해!"

스노크의 말은 정확했다. 위험한 종(種)인 앙고스투라 독나무 한 그루가 살아 움직이는 팔로 스노크메이든의 꼬리를 잡아 천천히 끌어당기고 있었다. 두려움에 온몸을 보랏빛으로 물들인 스노크메이든은 끔찍한 비명을 내지르고 있었다.

무민이 소리쳤다.

"내가 갈게! 내가 가!"

스너프킨은 자기 칼을 (코르크 따개와 나사돌리개가 달린 칼이었다.) 무민에게 건네며 말했다.

"혹시 모르니까 이거 가져가. 그리고 저 나무를 화나게 해야 해. 앙고스투라 독나무는 쉽게 기분이 상하거든."

무민이 소리쳤다.

"땅바닥이나 기는 주제에! 수세미 같기는!"

앙고스투라 독나무는 아무 반응이 없었다.

무민은 계속 소리쳤다.

"요강 닦는 솔 같기는! 늙어빠진 쥐꼬리 전염병 같으니! 늙어 죽은 돼지로 차린 저녁 먹고 꾸는 악몽이랑 똑같은 놈!"

그러자 앙고스투라 독나무는 초록빛 눈을 모조리 돌려 무민을 바라보며 스노크메이든을 내려놓았다. 기다란 팔 하나가 뱀처럼 뻗어 나와 무민의 얼굴 주위를 빙빙 돌기 시작했다.

스너프킨이 소리쳤다.

"막아!"

"머릿니 같은 놈!"

무민은 이렇게 고함치며 앙고스투라 독나무의 팔을 뎅겅 베어 버렸다. 모두 그 광경을 지켜보며 환호성을 내질렀다. 화가 난 무민은 꼬리를 흔들고 이리저리 껑충껑충 뛰었고, 가끔 앙고스투라 독나무에게 반격하거나 새로운 욕설을 만들어 냈다.

스니프가 감탄하며 소리쳤다.

"네가 나쁜 말을 그렇게나 많이 할 수 있을 줄은 몰랐어!"

싸움은 점점 더 맹렬해졌다. 앙고스투라 독나무는 화가 나서 몸을 바들바들 떨었고, 무민은 분노로 안간힘을 쓰느라 얼굴이 시뻘게졌다. 이윽고 팔과 꼬리와 다리가 뒤엉킨 광경밖에 보이지 않게 되었다.

스노크메이든은 커다란 돌을 집어 들어 독나무를 향해 던졌다. 그러나 제대로 겨냥하지 못한 탓에 무민의 배에 맞아 버렸다.

스노크메이든이 소리를 질렀다.

"어머, 어떡해! 내가 저 애를 죽였어!"

스니프가 말했다.

"여자애들이란 다 똑같다니까."

그러나 무민은 죽기는커녕 더 기세 좋게 앙고스투라 독나무가 그루터기만 남을 때까지 승리의 싸움을 이어 나갔다. (가장 작은 팔들은 내버려두었다.) 그다음 무민은 칼을 거두고 말했다.

"그래. 이제 다 됐군."

스노크메이든이 속삭였다.

"와, 너 정말 용감하다."

무민이 말했다.

"뭐. 이쯤이야 날마다 하는 일이지."

"희한하네. 난 그런 일을 본 적이 없……."

스니프가 이렇게 말하다 갑자기 소리를 질렀다. 무민이 스니프의 정강이를 걷어찼기 때문이었다. 놀란 마음이 진정되지 않았던 스노크메이든이 스니프의 비명에 펄쩍 뛰며 화들짝 놀라 소리쳤다.

"또 뭐야!"

무민이 말했다.

"겁먹지 마. 이제 내가 곁에서 널 지켜 줄게. 널 위한 작은 선물도 있어!"

무민은 스노크메이든에게 금 발찌를 건넸다. 스노크메이든은 기쁨으로 온몸이 노래져서 말했다.

"아! 진짜 엄청 찾았는데! 정말 기뻐!"

스노크메이든은 곧바로 발찌를 차고는 자신이 얼마나 예쁜지 보려고 이리저리 몸을 돌아보았다.

스노크가 말했다.

"쟤는 며칠 동안 저 발찌 때문에 징징거리기만 했어. 혜성 이야기를 하려고 할 때마다 발찌 얘기만 늘어놓더라니까. 너희는 혜성에 관심 좀 있어?"

스너프킨이 대답했다.

"그래."

스노크가 안도하며 말했다.

"음, 고맙기도 해라. 그럼 바로 회의를 시작하자. 다들 앉아 봐."

모두 자리에 앉자 스노크가 말했다.

"내가 이 회의의 의장이자 서기를 맡을게. 다른 의견 있

어?"

다른 의견이 없었기 때문에 스노크는 연필로 땅을 세 번 탁탁탁 쳤다.

스노크메이든이 물었다.

"두배자루마디개미아과가 뭐야?"

스노크가 말했다.

"스노크메이든, 조용히 해. 회의에 방해되잖아. 우리가 아는 게 뭐더라? 그래. 혜성이 8월 7일 저녁 8시 42분에 떨어진다는 거. 그보다 4초 뒤에 떨어질 수도 있고."

무민은 다른 데 정신이 팔려 말했다.

"두배자루마디개미아과."

무민은 스노크메이든의 앞머리만 쳐다보며 앉아 있었다.

'엄마는 앞머리가 없었는데.'

무민은 전에 앞머리를 한 번도 본 적이 없었다.

스노크가 상심해서 물었다.

"왜 아무도 내 말을 듣지 않는 거야?"

스니프가 말했다.

"글쎄. 늘 그랬어?"

스너프킨이 말했다.

"이제 우리 모두 입을 꾹 다물고 스노크가 무슨 말을 하는지 잘 들어야 해. 스노크는 우리가 혜성을 피할 방법이 있는지 생각해 봤으면 하니까."

무민이 말했다.

"우리는 집으로 돌아갈 거야. 너희도 같이 갈래?"

스노크가 대답했다.

"그 질문은 다음 회의 때 제대로 상정해야 해."

스노크메이든이 물었다.

"너희는 어디 살아?"

무민이 말했다.

"난 엄마 아빠랑 아주 아름다운 골짜기에서 살아. 우리 집은 아빠가 직접 지었고, 파란색이야. 우리가 집을 떠나기 직전에 내가 널 위해 정원에 그네도 매달았어……."

스니프가 소리쳤다.

"참내. 그때는 쟤를 알지도 못했으면서. 대신 내 동굴 얘기를 해 줄게. 있잖아, 스노크메이든! 나는 'ㄱ'으로 시작해서 'ㅣ'로 끝나는 비밀 친구가 있는 거 모르지? 게다가 엄청 다정하기까지 해!"

스노크는 다시 연필을 톡톡 치며 부탁했다.

"회의에 집중 좀 할 수 없겠어? 먼저, 혜성이 떨어지기 전에 그 골짜기까지 갈 가능성이 있다면, 두 번째로, 골짜기에서 재난을 피할 가능성은 다른 데보다 높을까?"

스니프는 생각했다.

'지금까지는 괜찮았어.'

무민이 말했다.

"엄마가 다 해결해 줄 거야. 아주 멋진 우리 동굴도 보여 줄게!"

스니프가 말했다.

"내 동굴이거든."

무민이 말을 이었다.

"그리고 동굴 안에는 내가 직접 캔 진주가 많이 있어."

스노크메이든이 소리를 질렀다.

"진주! 진주로 발찌를 만들 수 있을까?"

무민이 소리쳤다.

"얼마든지 만들 수 있어! 코걸이에 귀걸이, 허리띠랑 머리띠까지……."

스노크가 화가 나서 연필을 두드리며 말했다.

"그건 나중 문제로 하고. 혜성을 피할 거야, 말 거야!"

스노크메이든이 말했다.

"연필 끄트머리 좀 그만 쳐. 우리는 그 동굴에서 혜성을 피하면 돼. 자, 저녁 먹을 분?"

무민이 말했다.

"그래. 그 동굴로 피신하면 되겠다. 스노크메이든, 너 정말 똑똑하구나!"

스니프가 말했다.

"내 동굴에서! 바위를 굴려서 입구에 놓고 천장 틈도 막고 식량도 잔뜩 가져가고 작은 등불도 하나 가져가는 거야! 진짜 흥미진진하겠다!"

스노크가 끼어들었다.

"어쨌든 회의를 새로 해야 해. 일을 어떻게 분담하는 게 좋을지 같은 거 말이야."

스노크메이든이 말했다.

"오빠는 당연히 회의를 해야겠지. 하지만 지금은 장작이 좀 필요해. 수프를 끓일 물이랑. 탁자에 놓을 꽃도."

무민이 물었다.

"어떤 색으로?"

스노크메이든이 몸을 내려다보니, 여전히 노란색이었다. 스노크메이든이 말했다.

"보라색으로. 보라색 꽃이 나한테 가장 잘 어울릴 것 같아."

무민은 숲 속으로 뛰어 들어갔다. 스노크와 스니프는 장작과 수프 끓일 물을 찾으러 갔다. 스너프킨은 담뱃대에 불을 붙이고 드러누워 붉은 하늘을 바라보며 말했다.

"동굴로 피난 가는 생각은 꽤 괜찮았어. 스노크메이든, 넌 혜성이 무섭니?"

스노크메이든이 말했다.

"그런 건 아냐. 혜성은 굳이 볼 필요가 없으니까 다른 생각이나 하려는 것뿐이야."

스니프는 수프 끓일 물을 찾지 못했다. 늪으로 돌아가 보기도 했지만 바닥에 진흙만 조금 남아 있을 뿐, 수련까지 모조리 시들어 가련한 모습이었었다. 결국 스니프는 귀를 축 늘어뜨린 채 돌아와 말했다.

"온 세상 물이 다 말라붙어 버린 것 같아. 이제 어부들을 뭐라고 불러야 할지 모르겠네. 아무튼 남은 건 주스뿐이야."

스노크메이든이 말했다.

"그러면 주스 수프를 만들면 돼. 이제 물은 문제없어."

스노크가 스노크메이든의 말에 맞섰다.

"문제없다니. 물이 몽땅 사라진 데에는 다 원인이 있는 거라고……."

스노크는 장작더미 옆에 앉았다. 장작개비는 길이가 모두 똑같았는데, 스노크가 재 온 것이었다.

스노크가 슬프게 되뇌었다.

"원인 말이야."

스너프킨이 말했다.

"혜성 때문인 것 같아."

모두 하늘을 쳐다보았다. 태양이 지기 시작한 저녁 하늘에는 검붉은 빛이 감돌았다. 전나무 사이로 별을 닮은 작고 빨간 불꽃이 빛나고 있었다. 그러나 별은 아니었다. 그 불꽃은 깜박거리지도, 빛을 내뿜지도 않았다. 타오르고 있었다. 미동조차 없이 꼬리를 뒤에 숨긴 채.

스노크가 말했다.

"저기 있네."

스노크메이든의 얼굴이 천천히 초록빛으로 바뀌었다.

무민은 보랏빛으로 꾸민 꽃다발을 들고 뛰어왔다. 스노크메이든은 무민이 가져온 꽃다발을 보더니 말했다.

"노란 꽃이었으면 더 좋았을 것 같아. 보다시피 나 이제 초록빛이 돼 버렸거든."

무민이 물었다.

"그럼 새로 가져다줄까?"

스노크메이든이 말했다.

　"아니야. 대신 뭐든 걸어서 저 혜성이 안 보이게 해 줘. 그렇지 않으면 수프를 만들지 못할 것 같아."

　무민은 혜성이 보이는 쪽에 담요를 걸었다. 그제야 마음이 놓인 스노크메이든은 작은 냄비에 허브를 한 줌 가득 넣고 주스 수프를 만들었다. 그다음 모두에게 얇은 비스킷을 나누어 주었다. 스노크 남매에게는 달리 먹을 것이 없었다.

저녁을 먹은 뒤, 모두 스노크메이든이 풀을 엮어 만든 잠자리 위에 몸을 웅크리고 누웠다. 불은 천천히 사그라졌고 밤이 찾아왔다. 그러나 고요하게 잠든 숲 위에서 혜성은 여전히 사납고도 불길하게 타오르고 있었다.

다음 날, 무민과 스니프와 스너프킨과 스노크와 스노크메이든은 무민 골짜기를 향해 온종일 숲 속을 걸었다. 스너프킨은 여행길이 좀 더 즐거워지도록 친구들에게 하모니카 연주를 해 주었다. 다섯 시쯤, 다섯은 커다란 표지판이 서 있는 작은 길목에 다다랐다. 표지판에는 '무도장! 이쪽으로!! 상점 있음.'이라고 적혀 있었다.

　스노크메이든이 손뼉을 치며 말했다.

　"어머! 춤추면 좋겠다!"

　스노크가 말했다.

　"지구가 멸망하게 생겼는데 춤출 시간이 어디 있어."

　스노크메이든이 소리를 질렀다.

　"우리 모두가 춤을 출 시간은 지금뿐이야. 제발! 지구는 이틀 뒤에나 멸망한다고!"

스니프가 말했다.

"저쪽에 있는 상점에 가면 레몬에이드를 구할 수 있을지도 몰라."

무민이 말했다.

"길도 거의 우리가 가는 방향으로 나 있고."

스너프킨은 생각했다.

'무도장은 가는 길에 슬쩍 보기만 하고 지나칠 수도 있었는데······.'

스노크는 한숨을 내쉬었다.

다섯은 방향을 바꾸어 좁은 길로 접어들었다. 이리저리 구불구불하게 나 있는 길은 흥미진진했는데, 사방팔방으로 구부러지고 오르락내리락하다 가끔은 들뜬 기분을 가라앉히지 못한 듯 뒤엉키기도 했다. 이런 길로만 걸어가면 지치지도 않고 곧고 단조로운 길을 걸을 때보다 집에 훨씬 빨리 도착할 수 있을 것 같았다.

무민이 말했다.

"어디에서든 집에 있는 것 같은 느낌이 들어."

스노크메이든이 부탁했다.

"무민 골짜기 이야기 좀 해 줘."

무민이 말했다.

"정말 마음이 놓이는 골짜기야. 잠에서 깰 때면 즐겁고 저녁이면 기분 좋게 잠들어. 내가 타고 오르는 나무가 한 그루 있는데 거기에 집을 지을 거고, 아무도 모르는 비밀 장소도 한 군데 있는데 너한테만 보여 줄게. 엄마는 꽃밭 가장자리를 조가비로 꾸며 놓았고, 베란다에는 늘 햇볕이 들어. 좋은 냄새도 나지. 그리고 아빠가 새로 놓은 다리 위로 외바퀴 손수레도 몰 수 있어. 난 바다도 찾아냈는데, 한쪽은 우리 거야……."

스니프가 말했다.

"전에는 네가 가 본 적 없는 다른 곳들이 얼마나 멋있을 지만 얘기하더니."

무민이 대답했다.

"그땐 그때고."

길이 만들어 낸 새로운 굽이에 상점이 있었는데, 무척 예뻤다. 상점 주위로는 온갖 꽃이 단정하게 줄지어 피어 있었고, 상점 앞에 세워진 기둥에는 온 숲과 하얀 건물과 지붕을 뒤덮은 풀이 비치는 은빛 구슬이 놓여 있었다. 세탁 세제와 감초와 최고급 화상 방지 기름을 판매한다는 광고판도 여기저기 걸려 있었다.

무민이 계단을 올라가 상점 문을 열자, 문 안쪽에 달려 있던 작은 종이 딸랑거렸다. 모두 상점 안으로 들어섰지

만, 스노크메이든은 밖에 남아 은빛 구슬에 비친 자신의
모습을 바라보고 있었다. 계산대에는 하얗게 센 머리카락
에 생쥐처럼 작은 눈을 반짝이는 할머니가 앉아 있었다.

할머니가 말했다.

"오호라. 어린 친구들이 많이도 왔네. 자, 어떤 걸 찾으
시나."

스니프가 말했다.

"레몬에이드요. 빨간 걸로요."

스노크는 혜성이 지구에 충돌할 경우에 해야 할 일을 모조리 기록할 요량으로 물었다.

"가로줄 공책이나 모눈종이 공책 있나요?"

할머니가 대답했다.

"물론 있다마다. 파란 거면 될까?"

스노크가 말했다.

"다른 색으로요."

파란색 공책은 꼬마 스노크들이나 쓰는 물건이었다.

스너프킨이 말했다.

"새 바지가 한 벌 필요할 듯싶은데요. 하지만 너무 새것처럼 보이지 않는 걸로요. 제 몸에 맞는 그런 바지를 입어야 편하거든요."

"그래, 알았어요."

할머니는 이렇게 대답하더니 사다리를 타고 올라가 선반 맨 꼭대기에서 바지 하나를 내렸다.

스너프킨이 걱정스럽게 말했다.

"그 바지는 너무 새것처럼 보이는데요."

"더 오래된 바지 말이냐? 이게 여기에서 가장 오래된 바지란다."

할머니는 안경 너머로 스너프킨을 바

라보며 희망차게 말을 덧붙였다.

"하지만 내일이면 더 오래된 바지가 되겠지."

스너프킨이 말했다.

"음. 구석에서 한번 입어 볼게요. 하지만 제 몸에 맞을지 모르겠어요."

그러고 나서 스너프킨은 정원 쪽으로 사라졌다.

스노크는 주저앉아 초록색 새 공책에 뭔가를 끼적이고 있었다.

할머니가 물었다.

"음, 그쪽 꼬마 트롤은 뭘 드릴까?"

무민이 진지하게 대답했다.

"머리띠요."

할머니가 놀라서 물었다.

"머리띠라니! 네가 그걸 어디다 쓰려고?"

바닥에 앉아 빨대로 빨간 레몬에이드를 마시던 스니프가 말했다.

"스노크메이든한테 줄 걸요. 쟤는 스노크메이든을 만나더니 엄청 바보 같아졌어요."

할머니가 말했다.

"숙녀에게 장신구를 선물하는 건 전혀 바보 같은 일이

아니란다. 넌 너무 어려서 이해를 못 하겠지만 사실, 장신구는 숙녀에게 줄 수 있는 하나뿐인 진짜 선물이지."

스니프는 레몬에이드 잔에 고개를 들이밀며 말했다.

"이런, 세상에."

할머니는 선반 위아래를 모두 훑어보았지만 머리띠를 찾지 못했다.

무민이 물었다.

"계산대 아래에도 없어요?"

할머니가 살펴보더니 안타깝다는 듯 말했다.

"그러게 말이지, 없네. 머리띠가 하나도 없다니. 작은 장갑 한 켤레로 대신하면 어떨까?"

무민이 슬픈 표정으로 말했다.

"잘 모르겠어요."

그때 문에 달린 종이 딸랑거리더니 스노크메이든이 상점 안으로 들어와 말했다.

"안녕하세요. 여사님 댁 정원에 굉장히 멋진 거울이 있네요. 저는 거울을 잃어버린 뒤로는 물웅덩이에 모습을 비추어 보는데, 암만 해도 늘 이상하게만 보이더라고요."

할머니는 무민에게 눈을 찡긋했다. 그러더니 선반에서 무언가를 꺼내 재빨리 무민의 손에 쥐어 주었다. 무민은 손에 든 물건을 살펴보았다. 은테가 있는 작고 둥근 거울이었는데, 뒷면에는 루비로 만든 붉은 장미 한 송이가 박혀 있었다. 무민은 할머니를 보며 웃음 지었다.

스노크메이든은 아무것도 눈치 채지 못한 채 물었다.

"메달은 없나요?"

할머니가 물었다.

"뭐?"

스노크메이든이 말했다.

"메달이요. 신사들이 목에 걸기 좋아하는 빛나는 별 말이에요."

할머니가 소리쳤다.

"아, 그럼. 물론 있지. 그게 메달이었구나. 그래."

할머니는 선반 위아래와 계산대 아래와 상점 전체를 이 잡듯이 뒤졌다.

스노크메이든은 눈물이 그렁그렁 맺힌 눈으로 물었다.

"없어요?"

할머니는 잠깐 고민하는 듯싶더니 뭔가 퍼뜩 떠올랐는지 사다리를 타고 선반 맨 꼭대기로 올라갔다. 크리스마스트리 장식이 담긴 상자를 꺼낸 할머니는 트리 꼭대기를 장식하는 커다랗고 빛나는 별을 조심스럽게 집어 들었다.

할머니가 말했다.

"잘됐네. 메달이 여기 있었구나!"

"어머, 정말 예뻐요."

스노크메이든은 이렇게 속삭이고는 몸을 돌려 무민에게 말했다.

"널 위한 메달이야. 독나무에서 날 구해 주었으니까."

무민은 너무 감격한 나머지 말을 잇지 못했다. 무민이 무릎을 꿇자, 스노크메이든은 무민의 목에 메달을 걸어 주었다. 메달은 세상 무엇보다도 찬란하게 빛났다.

스노크메이든이 말했다.

"네가 얼마나 멋진지 직접 봐야 하는데."

그러자 무민이 등 뒤에 감추고 있던 거울을 꺼내 들었다.

"널 위한 거야. 네가 날 비춰 줘."

무민과 스노크메이든이 서로의 모습을 비추어 주고 있

을 때, 문에 달린 종이 딸랑거리더니 스너프킨이 상점 안으로 들어와서 말했다.

"좀 더 낡은 바지가 좋겠어요. 이 바지는 저한테 맞지 않아요."

할머니가 말했다.

"거참 유감스럽구나. 하지만 새 모자는 필요하겠는데?"

스너프킨은 잔뜩 겁먹은 얼굴로 낡은 초록색 모자를 귀까지 푹 눌러썼다.

"말씀은 감사하지만 됐어요. 물건을 많이 갖는 게 얼마나 위험한 일인지 막 생각하던 참이에요."

공책에 글을 쓰고 앉아 있던 스노크가 일어나 말했다.

"혜성이 오는 이런 중요한 때에 상점에서 오랫동안 물건을 골라서는 안 돼! 스니프! 레몬에이드 얼른 다 마셔 버려!"

스니프는 레몬에이드를 병째로 들이켜다 사레들려 버렸다. 목구멍에서 꾸르륵거리며 괴상한 소리가 나더니 스니프는 카펫에 레몬에이드를 전부 뱉어내고 말았다.

스니프가 비난하듯 말했다.

"토해 버렸잖아!"

무민이 설명했다.

"쟤는 늘 저래. 우리 이제 슬슬 가 볼까?"

스노크가 물었다.

"다해서 얼마예요?"

할머니가 계산을 시작하자 무민은 돈이 없다는 사실이 떠올랐다. 무민은 다른 친구들에게 눈짓을 보냈는데, 표정을 보아하니 모두 마찬가지인 듯했다. 그 기막힌 광경이란!

할머니가 말했다.

"공책이 40펜니고, 레몬에이드가 34펜니. 별이 3마르카고, 거울은 뒷면에 루비가 박혀 있으니까 5마르카. 다해서 8마르카 74펜니란다."

아무도 말이 없었다. 스노크메이든은 깊은 한숨을 내쉬며 계산대에 거울을 내려놓았고, 무민은 메달 끈을 풀었다. 스니프는 레몬에이드에 젖은 카펫을 바라보았다. 그리고 스노크는 공책에 글을 쓰면 공책의 가치가 높아지는지 낮아지는지 혼자 고민했다.

할머니는 안경 너머로 손님들을 쳐다보며 말했다.

"그래, 어린 친구들. 저기 스너프킨이 사고 싶어 하지 않은 낡은 바지가 있지. 저 바지는 딱 8마르카란다. 다른 물건 대신 바지로 엇셈하면 너희는 사실상 빚지는 게 하나도 없지."

무민이 의아해하며 물었다.

"정말요?"

할머니가 대답했다.

"그렇다마다. 저 바지는 내가 갖고."

스노크는 암산해 보려고 했지만 잘 되지 않았다. 그래서 공책에 이렇게 적었다.

공책	40펜니
레모네이드 (뱉음)	34펜니
메달	3마르카
거울 (루비 달림)	5마르카

합계 : 8마르카 74펜니

바지 8마르카

8 = 8

나머지 74펜니

127

스노크가 놀라서 말했다.

"세상에, 맞잖아."

스니프가 스노크의 말에 반박하고 나섰다.

"하지만 74펜니가 남잖아. 남는 돈은 우리가 가질까?"

스너프킨이 말했다.

"넌 나서지 마. 우리는 그냥 계산이 맞는다고만 하면 돼."

모두 할머니에게 허리 숙여 정중히 인사했는데, 특히 스노크메이든은 허리를 깊이 숙였다.

문간에서 스노크메이든이 물었다.

"여기서 무도장까지 먼가요?"

할머니가 대답했다.

"아니. 조금만 더 가면 된단다. 하지만 무도회는 달이 뜬 뒤에나 시작할 거야."

숲 한가운데에서 무민이 걸음을 멈추고 말했다.

"풀 덮인 상점 지붕은 튼튼해 보이지 않던데. 할머니도 우리 동굴로 같이 피난 가고 싶어 하지 않으실까?"

스니프가 말했다.

"내 동굴이라니까. 아무튼 내가 가서 여쭤 볼까?"

스너프킨이 말했다.

"그렇게 해."

스니프는 서둘러 상점으로 돌아갔고, 나머지는 스니프가 돌아올 때까지 기다리려고 길가에 자리를 잡았다.

스노크메이든이 물었다.

"무민, 네가 안다던 그 새로운 춤, 그거 이름이 뭐더라? 그 춤 출 줄 알아?"

무민이 대답했다.

"아니. 난 왈츠를 좋아해."

스노크가 말했다.

"우린 춤추면 안 돼. 하늘 좀 보라고."

모두 하늘을 올려다보았다. (하지만 스노크메이든은 보지 않았다.)

스너프킨이 말했다.

"혜성이 더 커졌어. 어제는 개미 알만 했는데, 지금은 오렌지만 해. 내 생각에는 거의……"

스노크메이든이 말을 끊었다.

"무민, 그럼 탱고는 출 수 있지? 옆으로 살짝 한 걸음, 뒤로 두 걸음."

무민이 고개를 끄덕였다.

"쉬울 것 같네."

스노크가 말했다.

"정신 사납게 좀 굴지 마, 스노크메이든. 제발 하던 얘기에 집중 좀 할 수 없어?"

스노크메이든이 말했다.

"우리는 춤 얘기를 하고 있었어. 그런데 갑자기 오빠가 혜성 얘기를 꺼냈잖아. 난 쭉 춤 얘기를 했고."

스노크와 스노크메이든의 몸 색깔이 천천히 바뀌기 시작했다. 다행히도 바로 그때 스니프가 달려오며 소리쳤다.

"할머니는 안 가시겠대. 지하실 잼 저장고에서 혜성을 피하실 거야. 하지만 우리에게 안부와 감사 인사를 전하면서 막대 사탕도 하나씩 주셨어."

무민이 말했다.

"네가 달라고 조른 건 아니고?"

스니프가 화내며 말했다.

"진짜 아니거든! 할머니는 자기가 우리한테 74펜니를 빚졌으니까 우리가 사탕을 먹어야 한다고 생각하셨대. 난 할머니 생각이 옳다고 말했을 뿐이라고!"

그래서 무민과 스니프와 스너프킨과 스노크와 스노크메이든은 사탕을 먹으면서 계속 길을 걸었고, 길도 다섯을 따라 걸었다. 어두워진 태양은 전나무 사이로 저물어 지평선 아래에 잠들었다. 그 대신 달이 떠올랐지만 이상하게 엷은 초록빛이 감돌아 칙칙해 보였다.

혜성만 더욱 강렬하게 빛나고 있었다. 크기도 거의 보름

달만큼이나 커졌고, 비현실적으로 붉은빛이 온 숲을 비추었다.

무도장은 작은 빈터에 있었다. 무도장 주위는 반딧불이 떼가 밝혀 주는 꽃불로 장식되어 있었고, 숲가에는 커다란 메뚜기가 앉아 바이올린의 음을 맞추고 있었다. 빈터는 음악이 시작되길 기다리며 앉아 있는 이들로 가득했다. 자그마한 호수 정령들은 말라 버린 웅덩이와 숲 속 연못에서 위험을 무릅쓰고 나와 있었다. 무도장에는 작은 생명들이 모여 있었고, 자작나무 아래에는 나무 요정 한 무리가 수다를 떨며 앉아 있었다. (나무 요정은 머리채가 특히 아름다운 작은 숙녀로, 나무줄기 안에서 산다. 밤이 되면 나뭇잎 줄기를 그네 삼아 타려고 밖으로 나온다. 보통 침엽수에는 나타나지 않는다.)

스노크메이든은 앞머리를 빗고 귓가에 꽃이 제대로 꽂혀 있는지 살펴보려고 거울을 꺼냈다. 무민은 목에 걸고 있던 메달을 고쳐 맸다. 스노크메이든도 무민도 이렇게 큰 무도회는 처음이었다.

스너프킨이 속삭였다.

"내가 하모니카를 연주하면 메뚜기가 화낼까?"

스노크가 말했다.

"둘이 같이 연주하면 되지. 메뚜기한테 〈작은 동물들은 모두 꼬리에 장미 모양 리본을 달지〉 노래를 가르쳐 줘."

"그거 괜찮은 생각인데."

이렇게 말한 스너프킨은 새 노래를 가르쳐 주려고 덤불 뒤로 메뚜기를 데려갔다.

잠시 뒤, 덤불 뒤에서 작은 음이 하나둘 들리기 시작하더니, 점점 더 늘어났고, 이윽고 딸림음과 꾸밈음이 흘러나왔다. 작은 생명들과 나무 요정들과 호수 정령들은 하던 이야기를 멈추고 연주에 귀 기울이며 풀밭으로 내려와 말했다.

"좋은 노래야. 춤추기 좋겠는걸."

작은 생명 하나가 무민을 가리키며 말했다.

"엄마, 저기 장군님이 있어요."

온 가족이 다가와 무민의 메달을 보며 감탄했다. 스노크메이든에게도 칭찬을 늘어놓았다.

"솜털이 참 곱군요."

나무 요정들은 뒷면에 유리가 박힌 스노크메이든의 거울에 자기 모습을 비추어 보았고, 호수 요령들은 스노크의 공책에 서명 대신 물기 흥건한 열십자를 그려 넣었다.

덤불 뒤에서 〈작은 동물들은 모두 꼬리에 장미 모양 리본을 달지〉 노래가 한 음도 빠지지 않고 온전히 들려오기 시작하더니, 뒤이어 스너프킨과 메뚜기가 온 힘을 다해 연

주하며 나타났다. 무도장은 금세 짝을 찾으려는 인파로 넘쳐났다. 이윽고 같이 춤을 출 짝을 찾은 모두가 무도장을 빙글빙글 돌기 시작했다.

스노크메이든이 말했다.

"너 정말 춤 잘 춘다. 무슨 춤이야?"

무민이 말했다.

"그냥 내 춤이야. 방금 만들었어!"

스노크는 머리에 백수련을 달고 있는 물의 요정과 짝이 되었는데, 박자를 맞추기가 조금 어려웠다. 스니프는 가장 작은 생명과 빙빙 돌며 뿌듯해했다. 짝이 감탄하는 게 분명했기 때문이었다. 모기들은 제멋대로 춤추며 날아다녔고, 숲 구석구석에서 또 다른 손님들이 구경하려고 살금살금 걸어서, 기어서, 또는 깡충깡충 뛰어서 다가왔다. 홀

로 빛을 내며 칠흑같이 새까만 우주를 가로질러 다가들고 있는 혜성은 아무도 생각하지 않았다.

12시 무렵, 커다란 사과주통이 굴러 나왔고 모두 사과주를 따라 마실 자작나무 껍질 잔을 하나씩 받았다.

공처럼 한데 모인 반딧불이 떼가 무도장 한가운데로 자리를 옮기자, 모두 그 곁에 둘러 앉아 샌드위치를 나눠 먹고 사과주를 마셨다.

스니프가 말했다.

"이제 우리 이야기를 나눠 보자. 작은 친구, 이야깃거리 뭐 없어?"

작은 생명이 무척 부끄러워하며 말했다.

"으으응. 하나 있긴 한데……."

스니프가 말했다.

"그래, 그럼 한번 얘기해 봐."

작은 생명은 수줍어 양손으로 얼굴을 가리고 손가락 사이로 힐끗거리며 우물우물 말했다.

"핌프라는 숲쥐가 있었어."

스니프가 부추겼다.

"그래서?"

"그게 다야."

작은 생명은 이렇게 속삭이고는

이끼 안으로 기어 들어가 숨어 버렸다. 모두 배꼽이 빠져라 웃음을 터뜨렸고 호수 정령들은 북을 치듯 꼬리로 땅을 탕탕 두들겼다.

무민이 소리쳤다.

"휘파람을 따라 불 수 있는 노래를 연주해 줘!"

스너프킨이 말했다.

"그럼 〈빌레리발라레〉로 할까."

스노크메이든이 반대했다.

"그 노래는 너무 슬픈걸."

무민이 말했다.

"어쨌든 해 보자. 휘파람 불기 좋은 노래니까."

스너프킨은 하모니카를, 무민은 휘파람을, 다른 친구들은 후렴구 노래를 맡았다.

빌레리발라레
밤은 더욱 추워져
새벽 다섯 시인데
너는 홀로 다니네
지친 작은 다리로
쉴 집 찾지 못하고

스노크메이든은 한숨을 쉬고 말했다.

"다시 우울해졌네. 노래 가사가 딱 우리 얘기잖아. 짧은 다리는 지쳤고, 집도 찾지 못하고 말이야!"

"쟤들은 너랑 춤을 너무 많이 춰서 지친 거야."

스노크는 이렇게 말하고 잔을 비웠다.

무민이 소리쳤다.

"우리는 반드시 집을 찾아갈 거야. 우울해하지 말자! 집에 가면 엄마는 저녁을 차려놓고 이렇게 말하시겠지. "너희가 해 냈구나!" 그러면 우리는 "엄마는 우리가 얼마나 엄청난 일을 겪었는지 모르실 거예요."라고 대답하는 거야!"

스노크메이든이 속삭였다.

"진주 발찌도 만들 거야. 진주 한 알로는 네 넥타이핀도 만들어 줄게."

무민이 대답했다.

"좋아. 아직은 넥타이를 맬 일이 별로 없지만."

스니프가 말했다.

"난 내 비밀의 목에 진주 한 알을 걸어 줄 거야. 나한테는 'ㄱ'으로 시작해서 'ㅣ'로 끝나고 어디든 날 따라다니는 비밀이 있거든! 지금은 멀리 떨어져 있는 나를 그리워하고 있지……."

스노크가 물었다.

137

"그 비밀 혹시 '이'로 끝나지 않나?"

스니프가 말했다.

"말 안 해 줄 거야! 그리고 넘겨짚지 마."

이제 스너프킨은 해 질 녘 노래와 작별 노래를 차례로 연주했다. 작은 생명들과 호수 정령들은 하나둘 차례차례 숲 속으로 돌아가기 시작했다. 나무 요정들도 사라졌고, 스노크메이든은 한 손에 거울을 꼭 쥔 채 잠이 들었다.

노래가 끝나자 풀밭은 더없이 고요해졌다. 반딧불이 떼는 불을 껐고 시간은 천천히, 천천히 아침을 향해 흘러갔다.

7

8월 5일 날이 밝았지만, 새들은 노래하지 않았다. 태양빛은 거의 보이지 않을 만큼 희미해졌다. 대신 숲 위에는 수레바퀴만큼 커진 혜성이 떠 있었고, 그 주위를 새빨간 불꽃이 고리 모양으로 둘러싸고 있었다.

스너프킨은 하모니카를 연주할 마음이 들지 않았다. 생각에 잠겨 걷기만 했다. 다른 친구들 역시 조용했다. 스니프만 이따금 머리가 아프다며 낑낑댔다. 날이 푹푹 쪘다.

우거졌던 숲이 듬성듬성해지더니 모래언덕이 길게 이어진 황량한 풍경이 펼쳐졌다. 부드러운 모래언덕은 끝이 보이지 않았고, 여기저기 물대* 다발이 자라나 있었다. 무민

---

*물대_ 볏과에 속하는 여러해살이풀. 주로 바닷가에서 자란다.

은 걸음을 멈추고 킁킁 냄새를 맡더니 말했다.

"바다 냄새가 전혀 안 나. 고약한 냄새만 나는데……."

스니프가 침울하게 말했다.

"여기는 사막인가 봐. 우리가 백골이 되어도 누구 하나 절대 발견하지 못할 사막 말이야. 나 머리 아파!"

모래를 헤치며 걷는 발걸음이 무거웠다. 무민과 친구들은 언덕을 오르락내리락하며 계속 나아갔다.

스노크가 말했다.

"저기 좀 봐. 해티패티들이 나타났어."

언덕 저 멀리에서 해티패티들이 줄지어 가고 있었다. 해티패티들은 지평선에 시선을 고정한 채 양손을 불안하게 흔들어 대며 나아갔다.

스노크가 말했다.

"동쪽으로 가고 있어. 우리도 뒤따라가는 편이 안전할 거야. 다들 알고 있겠지만, 해티패티들은 위험을 감지할 줄 아니까."

무민이 말했다.

"하지만 우리 집은 서쪽에 있어. 우리 엄마 아빠가 서쪽에 계신다고."

그러더니 무민은 무민 골짜기를 향해 똑바로 걸어갔다.

스니프가 낑낑거렸다.

"나 이제 목도 말라!"

그러나 아무도 대꾸하지 않았다.

모래언덕의 높이가 낮아졌다. 이제 땅은 혜성이 내뿜는 빛을 받아 빨갛게 빛나는 바닷말에 뒤덮여 있었다. 그 위로는 조약돌과 조가비가 널려 있었다. 자작나무 껍질과 나뭇가지와 코르크 조각뿐만 아니라 바닷가에 있어야 할 모든 게 잔뜩 널려 있었다. 그러나 바다는 없었다.

무민과 친구들은 나란히 서서 바라보기만 했다. 부드럽게 일렁이는 푸른 파도와 간들거리며 나는 갈매기와 바다가 있어야 할 자리에 입을 떡하니 벌린 낭떠러지만 남아 있었다. 낭떠러지 옆으로는 증기가 뿜어져 나왔고, 밑바닥은 부글거리고 있었으며, 이상한 악취도 났다. 바닷가는 무민과 친구들의 발 앞에서부터 질퍽질퍽한 초록빛 협곡까지 가파르게 경사져 있었다.

스노크메이든이 가녀린 목소리로 말했다.

"바다가 사라졌어. 왜 바다가 사라졌지?"

무민이 우물거렸다.

"글쎄."

스니프는 용기를 내려고 애쓰며 말했다.

"우리가 물고기가 아니라서 천만 다행이야."

하지만 스너프킨은 양손으로 머리를 감싸고 주저앉아 소리쳤다.

"바다가 얼마나 아름다웠는데! 다 사라져 버렸어! 이제 배도 못 타고, 수영도 못 하고, 커다란 물고기도 못 봐! 집채만 한 폭풍도, 투명한 얼음덩이도 없어! 달빛 비치는 바다를 두 번 다시 볼 수 없다니! 바닷가도 바닷가라고 부를 수가 없어. 이젠 아무것도 아니야!"

무민은 스너프킨의 옆에 앉아 말했다.

"바다는 돌아올 거야. 혜성이 지나가고 나면 다 돌아올 거야. 너도 그렇게 생각하지?"

그러나 스너프킨은 대답하지 않았다.

갑자기 스노크가 물었다.

"저길 어떻게 건너지? 이틀 안에 저 구멍을 피해 빙 돌아가는 건 무리야."

아무도 말이 없었다.

스노크는 말을 이어 갔다.

"회의를 해야 해. 내가 의장이자 서기를 할게. 좋은 의견 없어?"

스니프가 말했다.

"날아가기."

무민이 우물거렸다.

"걸어가기."

스노크가 말했다.

"바보 같이 굴지 마. 그럴 시간 없어. 너희 의견은 만장일치로 부결이야. 다른 의견을 말해 봐."

무민이 화내며 버럭 소리를 질렀다.

"네가 말해 봐! 방법이 없잖아! 네 낡은 공책에다 우리는 절대 해 내지 못할 테니까 혜성이 오면 모두 으깨질 거라고 적든지!"

모두 할 말을 잃었다.

그때 스너프킨이 벌떡 일어나 말했다.

"죽마를 타고 건너면 돼. 그럼 제때 도착할 수 있을 거야."

무민이 소리쳤다.

"좋아! 멋진 생각이야! 죽마라니, 좋아! 서두르자! 죽마를 꼭 찾아내서 위험을 피하고 집에 가는 거야!"

모두 죽마를 찾아 흩어졌다.

바닷가만큼 발견할 게 많은 곳은 없었다. 무민은 두 동강이 난 서쪽 입표를 발견했다. 스노크메이든은 대가 긴 빗자루와 노를 발견했다. 스너프킨은 낚싯대와 깃대를 발견했다. 스니프는 덩굴 지지대와 고장 난 사다리를 발견했다. 그러나 스노크는 왔던 길을 되짚어 숲 속으로 가서 길이가 똑같은 가느다란 전나무 줄기 두 개를 발견해 돌아왔다.

다시 모두 모이자 죽마 타는 법을 연습하기 시작했다. 스너프킨은 죽마를 타고 앞뒤로 척척 걸으며 다른 친구들에게 어떻게 해야 하는지 시범을 보여 주기도 했다.

스너프킨이 소리쳤다.

"더 성큼성큼 걸어! 겁먹지 마. 생각하지도 마. 그냥 느껴! 아래 내려다보지 마. 균형을 잃으니까!"

스니프가 소리 질렀다.

"나 어지러워! 토할 것 같아!"

스너프킨이 말했다.

"이봐, 스니프. 바다 밑바닥에 가라앉아 있던 보물을 발견할 수 있을지도 몰라."

그 말에 스니프는 금세 씻은 듯이 나았다.

스노크메이든이 말했다.

"나 좀 봐! 내가 해 냈어! 성공했다고! 아무 생각도 하지 않고 그냥 느껴서 말이야!"

스노크가 말했다.

"그래, 보고 있어."

한 시간 뒤, 스너프킨이 말했다.

"이제 모두 성공할 수 있겠다. 떠날 때가 됐어."

스니프가 바다 쪽을 힐끗거리며 우는소리를 했다.

"아직 아냐! 난 조금 더 연습해야겠어."

스너프킨이 말했다.

"그럴 시간 없어. 진흙과 틈을 조심해야 한다는 거 명심하고. 이제 나를 따라와."

모두 겨드랑이에 죽마를 낀 채 붉은 노을 아래로 차례차례 내려갔다. 바닷말은 미끌미끌했고, 자욱한 수증기에 가려 서로가 거의 보이지 않았다.

스니프가 말했다.

"위험해지면 다 너희 책임이라고 말했던 거 기억하고 있지?"

무민이 대답했다.

"그래, 그래. 기억하고 있어. 그러니까 진정해."

이제 죽은 바다 밑바닥이 무민과 친구들의 코앞에 있었다. 정말이지 비참하기 그지없었다. 투명한 바닷물 속에서 아름답게 너울거리던 화관 모양 바닷말은 새까매진 채 납작하게 널브러져 있었고, 물고기들은 드문드문 나 있는 구덩이에서 불쌍하게 파닥거렸다. 끔찍한 악취가 풍겼다.

스노크메이든은 이리저리 뛰어다니며 해파리들과 물고기들을 물웅덩이에 풀어 주며 말했다.

"그래, 그래. 이제 괜찮을 거야……."

무민이 말했다.

"정말 너무 슬퍼서 끔찍할 정도야. 하지만 우리가 모두 구해 줄 수는 없어."

"그렇기는 하지만 몇 마리라도 구해 주고 싶어."

스노크메이든은 이렇게 말하고 한숨을 쉬었다. 그리고 다시 죽마에 올라타 친구들을 따라갔다. 혜성은 바다 밑바닥에서 훨씬 더 커 보였고, 수증기 때문에 가물가물하게 깜박이는 것 같았다. 다리가 기다랗고 몸이 자그마한 곤충 같은 모양새로 무민과 친구들은 점점 더 바다 깊이 나아갔다.

모래바닥 곳곳에 시커멓고 거대한 산이 솟아나 있었는데, 사실 그 봉우리들은 한때 소형 배들이 정박하고 작은 생명들이 물을 튀기던 작은 섬과 암초들이었다.

스니프는 아직 물이 남아 있어 기이한 생물로 가득 찬 틈새를 내려다보더니 몸서리를 치며 말했다.

"두 번 다시 깊은 물에서 수영할 엄두를 못 낼 거야. 이 모든 게 내 발밑에 있었다니!"

스너프킨이 말했다.

"그렇지만 아름답잖아. 끔찍하면서도 아름다워. 게다가 우리가 오기 전에는 아무도 여기 오지 않았다는 사실만으로도……."

스니프가 갑자기 소리를 질렀다.

"저기 있어! 보물 상자 말이야! 스너프킨, 네가 여기에 가라앉은 보물들이 있을지도 모른다고 말했었잖아……."

스니프는 죽마에서 내려 모래에 파묻혀 있는 상자를 끄집어내려고 용을 쓰며 소리쳤다.

"도와줘! 상자가 단단히 박혀서 안 빠져……. 자물쇠도 잠겨 있고……."

스노크가 말했다.

"그 상자는 우리가 가져갈 수 없어. 너무 크잖아, 스니프. 제발 서두르자! 가다 보면 더 예쁜 걸 많이 발견할지도 몰라."

그러자 작은 동물 스니프는 실망으로 얼굴을 잔뜩 일그러뜨린 채 다시 걷기 시작했다.

협곡은 점점 더 높고 험준해졌으며, 바닥에는 갈라진 틈새가 많아졌다. 죽마가 틈새에 자꾸 끼는 바람에 걸음이 점점 더 느려졌다. 이따금 앞으로 고꾸라지기까지 했다. 무민과 친구들은 이야기도 나누지 않고 그저 걷고, 걷고 또

걸었다. 무서우리만치 음울해 보이는 가련한 난파선 한 척이 눈에 들어왔다. 돛대가 부러진 자리에는 홍합과 바닷말이 다닥다닥 붙어 있었다. 삭구는 바닷물이 쓸어가 버리고 없었다. 그러나 뱃머리 장식은 남아 있었다. 혼자 남겨진 뱃머리 장식은 무민과 친구들을 똑바로 응시하며 쓸쓸한 미소를 지었다.

스노크메이든이 속삭였다.

"선원들이 무사히 빠져나왔을까?"

무민이 대답했다.

"물론이지. 배에 구명보트가 있었을 거야. 자, 우리는 그만 가자. 정말이지 너무 슬퍼 보여."

"잠깐 기다려."

스니프가 소리치더니 죽마에서 뛰어내렸다.

"번쩍이는 게 보여! 금붙이야!"

스니프는 난파선 밑으로 기어 들어가 바닷말을 파헤치더니 소리를 질렀다.

"단검이야! 금으로 만들어져 있고, 칼자루에는 보석도 박혀 있어!"

스노크메이든이 구경하려고 앞으로 몸을 숙이다 균형을 잃었다. 죽마가 앞으로 뒤로 휘청휘청 흔들리자 스노크메이든은 날카로운 비명을 내질렀고, 결국 어두컴컴한 난파

선 안으로 포물선을 그리며 빠져 버렸다. 무민은 스노크메이든을 구하러 달려갔다.

녹슨 닻줄을 타고 올라간 무민이 바닷말이 뒤덮인 갑판을 미끄러져 가서 어두컴컴한 화물칸을 내려다보며 소리쳤다.

"스노크메이든, 어디 있어?"

스노크메이든이 우는 소리로 대답했다.

"여기야!"

무민이 물었다.

"다쳤어?"

스노크메이든이 말했다.

"아냐. 그냥 조금 놀랐어."

무민은 화물칸으로 뛰어내렸다. 물은 배까지 차올랐고, 역한 곰팡내가 났다.

무민이 말했다.

"스니프는 자나 깨나 보석 타령이라니까."

스노크메이든이 무민의 말에 맞서 대답했다.

"나는 스니프를 이해해. 나도 보석이랑 금이랑 진주랑 다이아몬드를 좋아하는걸! 어쩌면 이 안에도 있을지 몰라! 우리……?"

무민이 말했다.

"여긴 너무 어둡잖아. 게다가 위험할 수도 있어."

스노크메이든이 고분고분 말했다.

"응. 그럼 나 좀 올려 줘."

무민은 화물칸 문 가장자리로 스노크메이든을 올려 주었다.

스너프킨이 소리쳤다.

"너희 괜찮은 거야?"

"무민이 날 또 살려 줬어."

스노크메이든은 활기차게 대답하고는 거울이 깨졌는지 살펴보려고 거울을 꺼내 들었다. 다행히 유리는 온전했고 장미 모양 루비 장식도 그대로였다. 거울을 들여다보니 흠뻑 젖은 앞머리가 보였고, 열린 문 너머로 어두운 화물칸이 보였고, 화물칸 안에 있는 무민의 귀가 보였고, 무민의 뒤쪽으로 어둠 속 저 멀리에서 움직이는 무언가가 보였다.

무민을 향해 천천히 기어가는…….

스노크메이든이 소리를 질렀다.

"무민, 조심해! 뒤에 뭐가 있어!"

무민은 몸을 돌렸다.

오징어가 다가오고 있었다. 바다에서 가장 위험한 괴물인 대왕 오징어가 어둠 속을 빠져나와 무민을 향해 천천히 미끄러지듯 다가오고 있었다.

무민은 화물칸 위로 기어오르려고 했지만 널빤지가 너무 미끄러웠다. 몇 번이나 시도해 보았지만 번번이 미끄러지는 바람에 자꾸 물속에 빠지기만 했다. 스노크메이든은 화물칸 위에 앉아 비명을 지르고 있었는데, 여전히 거울을 손에 들고 있었다.

오징어는 점점 더 가까이 다가왔다.

갑자기 오징어가 눈을 깜박거리며 멈추어 섰다. 스노크메이든의 거울이 둥그렇게 타오르고 있는 혜성의 빛을 붙잡아 오징어의 얼굴에 커다랗고 눈부신 빛을 되쏜 것이었다. 오징어는 겁을 집어먹었다. 오징어는 평생을 깊은 바다 밑바닥에서 어둠에 휩싸인 채 살아왔었다. 그런데 이제 어둠이 사라졌다. 바다도 사라졌다. 그것도 모자라 가장 끔찍한 일까지 당하고야 말았다. 소름끼치는 붉은빛을 정통으로 맞은 것이다.

오징어는 화물칸 가장 구석진 곳에서 온 다리를 몽땅 끌어올려 머리를 감싸 쥐고 신음했다.

무민이 말했다.

"스노크메이든, 네가 내 목숨을 구했어. 그것도 아주 영리하게!"

스노크메이든이 대답했다.

"실수였는데. 하지만 날마다 내가 널 오징어한테서 구해 주면 좋겠어!"

무민이 말했다.

"그래, 그래. 소원이 조금 과한 것 같기는 하지만. 이제 가자. 빨리 여기에서 벗어나고 싶어."

온종일 무민과 친구들은 쓸쓸한 바다 깊숙이 걸어 들어 갔다. 이제 바닷가에서 주울 수 있는 조가비와는 전혀 다르게 생긴 커다란 심해 조가비들이 눈에 들어왔다. 뾰족 뾰족한 가시가 난 심해 조가비들은 소용돌이무늬로 장식 되어 있었고, 색깔도 강렬하고 아름다웠다.

스노크메이든이 말했다.

"저 안에 살아도 되겠어. 쏴아아 하는 소리 들려? 누가 저 안에 앉아서 속삭이는 걸까?"

스너프킨이 말했다.

"바다 소리야. 조가비는 바다를 기억하거든."

스너프킨은 연주하고 싶은 마음이 들어 하모니카를 꺼냈다. 그러나 수증기가 모든 음을 빼앗아 버려서 하모니카는 소리를 내지 못했다.

스너프킨이 걱정스럽게 말했다.

"이거 고약하군."

무민이 말했다.

"집에 가기만 하면 아빠가 다 고쳐 줄 거야. 아빠는 기운만 차리면 뭐든 다 고칠 수 있거든."

스너프킨이 말했다.

"이제 바다 중에서도 가장 깊은 곳에 거의 다다랐어. 더 조심해야 해……."

더는 바닷말이 보이지 않았다. 대신 잿빛 개흙으로 뒤덮인 바다 밑바닥이 가파르게 경사진 모습으로 무민과 친구들의 눈앞에 펼쳐져 있었다. 쥐 죽은 듯 고요했고, 엄숙하기까지 했다. 바다 밑바닥은 가파른 경사 끄트머리에서 갑자기 사라졌다. 뻥 뚫린 자리만 남긴 채 자욱한 그림자와 수증기가 가득한 심연 저 아래로 모습을 감추어 버렸다.

아무도 가장자리로 가서 밑을 살펴보려 하지 않았다. 무민과 친구들은 그저 묵묵히 빙 돌아 지나쳤다. 스노크메이든만 돌아보며 작게 한숨을 내쉬었다. 가장자리에 바다에서 가장 크고 아름다운 조가비가 놓여 있었기 때문이었다. 새하얀 조가비가 저녁노을 속에서 빛났다. 바다는 조가비 안에서 노래하고 있었다.

무민이 말했다.

"조가비에 신경 쓰지 마. 여긴 정말 위험한 곳이야. 저 안에는 아무도 본 적 없는 괴물이 숨어 있어. 괴물들은 저 밑바닥 개흙 속에 살아……"

저녁이 찾아왔다. 무민과 친구들은 서로 바짝 붙어 앉아 비현실적인 고요에 귀를 기울였다. 밤바람에 잎사귀가 사그락거리고 새들이 지저귀고 서둘러 집으로 돌아가는 발걸음 소리처럼 저녁과 함께 찾아드는 작고도 다정한 그 모든 소리가 그리워졌다.

불을 피울 수도 없었고, 속수무책 당할지도 모르는 온갖 위험천만한 상황이 도사리고 있는 바다 밑바닥에서 잠들기도 두려웠다. 결국 무민과 친구들은 좀 더 안전한 느낌이 드는 높은 언덕으로 올라가 스노크 남매에게 남아 있던 얇은 비스킷을 나눠 먹었다.

무민이 가장 먼저 불침번을 서기로 했고, 스노크메이든의 몫도 자신이 대신하기로 마음먹었다. 다른 친구들이 서로 꼭 붙어 웅크린 채 자는 동안 무민은 죽은 바다 밑바닥을 바라보며 앉아 있었다. 바다 밑바닥은 혜성의 빛 때문에 붉게 보였고 그림자는 모두 새까만 우단처럼 보였다.

　무민은 황량한 풍경을 물끄러미 바라보며 빛나는 불덩
어리가 다가오는 광경을 지켜보고 있을 지구가 얼마나 두
려워할지 생각했다. 또 무민은 자신이 세상 모두를, 숲과
바다와 비와 바람과 햇빛과 풀과 이끼를 얼마나 사랑하는

지를 그리고 그 모든 것 없이는 한시도 살 수 없다는 사
실을 깨달았다.

그러나 뒤이어 무민은 생각했다.

'엄마는 모든 걸 구해 낼 방법을 알고 계실 거야.'

8

스니프가 잠에서 깨자마자 말했다.

"내일 혜성이 올 거야."

모두 혜성을 쳐다보았다. (스노크메이든은 앞머리로 눈을 가린 채 쳐다보았다.) 혜성은 소름끼칠 만큼 커졌고, 그 주위를 넘실거리는 불꽃이 화관처럼 두르고 있었다. 수증기는 온데간데없이 사라져 바다 밑바닥 저 멀리까지 내다보였다.

스너프킨이 모자를 귀 밑까지 푹 눌러쓰며 말했다.

"잘 잤어? 이제 계속 가자!"

아침 식사를 하고 있을 때, 무민과 친구들은 자루를 포대기 삼아 아이를 업은 채 자전거를 타고 오는 미플을 만났다. 짐받이에는 배낭이 놓여 있었고, 손잡이에는 온갖 짐 꾸러미가 대롱대롱 매달려 있었다.

미플은 새빨개진 얼굴로 인사도 없이 무민과 친구들을 바라보기만 했다.

무민이 소리쳤다.

"안녕하세요! 저 못 알아보시겠어요? 어디 떠나는 길이세요?"

미플이 자전거에서 내리더니 황급히 말했다.

"무민 골짜기 주민들은 다 떠났어. 그런 판국에 우리만 남아서 혜성을 기다리겠니?"

스노크가 물었다.

"혜성이 무민 골짜기에 떨어질 거라고 누가 그랬어요?"

미플이 대답했다.

"사향뒤쥐 아저씨가."

무민이 소리쳤다.

"아니, 그럼 저희 엄마 아빠는요? 저희 엄마 아빠는 아직 남아 계실 텐데요! 저를 기다리고 계신다고요!"

미플이 다급하게 말했다.

"그래, 그래, 그래. 그분들은 베란다에 앉아 계셔. 하지만 나랑은 상관없는 일이야! 그런데 너희는 제때 도착하지 못할 것 같……"

미플은 머리털을 휘날리며 자전거를 몰고 가 버렸다.

무민과 친구들은 한동안 그 자리에 서서 미플의 뒷모습을 바라보았다.

스너프킨이 말했다.

"배낭에 짐 꾸러미까지 챙겨 가다니! 이 열기 속에 말이지. 자, 우리는 계속 가자."

무민과 친구들이 조금 더 나아가자 동쪽으로 향하고 있는 수백 마리 해티패티가 보였다. 바다 밑바닥은 피난민으로 북적거렸다. 생쥐 가족들과 도깨비 쥐들과 숲에 사는 동물들까지 온갖 작은 생명들이 모두 무민 골짜기를 떠나고 있었다. 대부분 걷고 있었지만 일부는 잔뜩 흥분해서 내달렸고, 식구가 많은 가족은 손수레도 모자라 마차까지 끌었고, 어떤 가족은 집을 통째로 싣고 가고 있었다. 모두 겁먹은 눈길로 하늘을 쳐다보았고, 대부분 겨우 인사만 할 뿐 잡담을 나눌 여유조차 없어 보였다.

무민이 서글픈 듯 말했다.

"정말 이상해. 난 저들을 거의 다 알고 있지만 오랫동안 만날 일이 없었어. 이제야 이야깃거리가 많아졌는데 이야기를 나눌 새가 없다니!"

스너프킨이 말했다.

"다들 두려워하고 있으니까."

무민이 말했다.

"어휴. 집에서는 위험할 게 하나도 없는데!"

스니프는 보석이 반짝이도록 단검을 휘두르며 소리쳤다.

"우리는 엄청 용감하니까!"

무민은 곰곰이 생각하더니 말했다.

"우리가 특별히 더 용감한 것 같지는 않아. 그저 혜성에 익숙해졌을 뿐이야. 거의 익숙해진 것 같아. 우리는 혜성에 관해서 가장 먼저 알았고, 혜성이 점점 커지는 걸 쭉 지켜봐 왔잖아. 그리고 아마 혜성도 외로울 거야……."

스너프킨이 말했다.

"그래. 모두 두려워하기만 하면 혜성도 외롭겠지."

스노크메이든이 무민의 손 위에 자신의 손을 얹고 말했다.

"어쨌든 네가 무서워하지 않으면 나도 무서워하지 않겠다고 약속할게."

마침내 무민과 친구들은 맞은편 바닷가에 다다랐다. 다섯은 죽마에서 뛰어내려 모래밭을 굴렀고, 숲 속으로 뛰어 들어가서 함성과 웃음을 터뜨리며 서로 꼭 끌어안았다.

무민이 소리쳤다.

"집에 거의 다 왔어! 서둘러! 서둘러야 해! 엄마 아빠가 베란다에서 기다리고 계셔!"

그러나 집은 생각보다 훨씬 더 멀었다.

숲 속에서 무민과 친구들은 우표 스크랩북을 끌어안고 앉아 혼자 구시렁거리고 있는 헤물렌을 만났다.

헤물렌이 말했다.

"다들 소란스럽게 난리 법석을 피우고 있어. 싸우고 소리 지르기만 하고 도대체 왜 그러는지는 아무도 설명하지도 못하고 말이지!"

무민이 말했다.

"안녕. 혹시 나방을 좋아하는 헤물렌 아저씨랑 친척이야?"

헤물렌은 탐탁지 않은 마음을 숨기지 않고 대답했다.

"내 사촌이었어. 지독한 고집쟁이지. 하지만 이제 더는 친척이 아니야. 의절했거든."

스니프가 물었다.

"왜?"

헤뮬렌이 말했다.

"외골수거든. 곤충 말고는 아무것도 관심 갖지 않아. 걔 는 아마 지구가 두 동강이 나도 신경 쓰지 않을걸."

스노크가 설명했다.

"곧 정말 그렇게 될지도 몰라. 내일 아침 8시 42분으로 거의 정해졌어."

헤뮬렌이 말했다.

"뭐? 그래서 끔찍하게 소란스러웠군. 난 지난 한 주 내 내 우표를 정리하고 워터마크*를 하나하나 점검했는데 무 슨 일이 있을 거라고? 누가 내 탁자를 들고 가 버렸어. 의

*워터마크_ 지폐, 우표, 여권 등에 흔히 새겨 넣는 무늬로 종이를 빛에 비추어 보았을 때에 만 보인다. 위변조를 가리기 위해 사용한다.

자도 들고 가 버렸고. 집을 거의 통째로 도둑맞았다고! 그래서 지금 이 난리통에 우표만 들고 앉아 있는데, 다들 왜 그러는지 아무도 설명해 주질 않더군!"

스너프킨이 아주 천천히 또박또박 말했다.

"헤물렌, 내일 혜성이 지구에 충돌할 거야."

헤물렌이 되뇌었다.

"충돌이라. 충돌이 우표 수집이랑 관계가 있나?"

스너프킨이 말했다.

"아니. 그렇지는 않아. 충돌은 꼬리 달린 사나운 별이랑 관계가 있지. 그리고 혜성이 오면 네 우표는 남아나지 않을 거야."

헤물렌은 치마를 여미며 말했다.

"저를 지켜 주시옵소서."

(헤물렌은 치마를 입고 다니는데, 이유는 아무도 모른다. 어쩌면 바지를 입고 다니면 어떨지 한 번도 생각해 보지 않았을지도.)

헤물렌은 말을 이어 갔다.

"그럼 난 어떻게 해야 하지?"

스노크메이든이 말했다.

"우리를 따라와야 해. 너랑 네 우표 모두 우리의 멋진 동굴에 숨을 수 있을 거야."

스니프가 말했다.

"내 멋진 동굴이거든."

　헤물렌도 무민 골짜기로 향하는 길에 합류했다. 헤물렌
은 같이 다니기에는 버거운 상대였지만 어찌 해 볼 도리가
없었다. 헤물렌이 흘린 불량 희귀 우표 한 장을 찾느라 모
두 몇 킬로미터씩이나 되돌아간 적도 있었고, 아무도 알
수 없는 일로 헤물렌은 두 번이나 스노크와 말다툼까지
했다. (둘은 토론이라고 주장했지만 말다툼처럼 들렸다.)
　스니프는 여느 때와 달리 말없이 혼자 걸어갔다. 새끼 고
양이를 생각하고 있었기 때문이었다.
　'무민마마가 고양이에게 줄 우유를 잊지는 않았을까? 고
양이가 날 좋아해야 한다는 걸 잊고 무민마마를 좋아하
게 되었으면 어쩌지? 고양이가 나한테 몸을 비벼 댈까, 아
니면 꼬리를 들고 가 버릴까? 고양이를 키우면 자기 고양
이가 어디 있는지는 도통 알 수 없는 법이지. 그냥 날 끔
찍이도 좋아하는 누군가가 있다는 사실만 확실히 알고 있
으면 돼.'
　스니프는 자신이 여행 내내 새끼 고양이 이야기를 한마
디도 하지 않았다는 사실이 무척 자랑스러웠다.
　갑자기 스너프킨이 물고 있던 담뱃대를 빼고 말했다.
　"가만 들어 봐. 바람이 불기 시작했어……."

무민과 친구들과 헤물렌은 걸음을 멈추고 귀를 기울였다. 숲 속 저 멀리 들려오던 윙윙거리던 소리가 붕붕거리며 커졌고 속도도 점점 빨라졌지만, 나무들은 미동조차 없었다.

스노크가 소리를 질렀다.

"저기 좀 봐!"

나무 꼭대기 저 위로 커다란 구름이 오르락내리락하며 몰려들더니 붉은 하늘을 어둡게 뒤덮었다. 그러다 갑자기 숲 속으로 깔리듯 곧장 내려왔다. 구름이 아니라 메뚜기 떼였다. 수백만 마리 커다란 초록빛 메뚜기 떼가 숲을 먹어 치우기 시작했다. 바사삭거리는 소리와 함께 나무껍질을 차례차례 벗기고, 갉아 대고, 찢고, 물어뜯는 것도 모자라 무리지어 펄떡펄떡 뛰어 다녔다.

스노크메이든은 바위 위에 올라서서 비명을 내질렀다. 그러자 스노크가 말했다.

"제발 좀 진정해! 저건 그냥 메뚜기들이야. 전에 너도 메뚜기를 본 적 있잖아. 무도회에서 바이올린을 연주한 메

뚜기⋯⋯."

스노크메이든이 말했다.

"저것들은 떼 지어 우글거리고 있잖아! 메뚜기 한 마리는 우글거릴 수 없다고! 저건 그거랑 달라!"

헤물렌은 우표 스크랩북을 끌어안고 서서 물었다.

"메뚜기 떼가 우표도 먹어치울 수 있을까?"

무민이 소리쳤다.

"아름다운 숲이었는데! 숲이 어떻게 됐는지 좀 봐!"

숲 속 나무란 나무는 몽땅 껍질이 벗겨져 헐벗어 버렸다. 땅에는 풀이파리 하나 남지 않았다. 남은 꽃이라곤 스노크메이든의 귓가에 꽂힌 한 송이뿐이었다. 굶주린 메뚜기 떼는 우글거리며 거대한 구름처럼 하늘로 올라가더니 서쪽으로 사라졌다. 숲은 다시 조용해졌다. 스노크는 자리에 주저앉아 '1번 재난'이라고 공책에 쓰고 말했다.

"혜성은 늘 재난을 몰고 왔었다는 사실 모르지?"

스니프가 물었다.

"무슨 재난?"

스노크가 말했다.

"메뚜기 떼, 역병과 지진, 홍수와 태풍 같은 거."

헤물렌이 중얼거렸다.

"다시 말해 난리 같은 거지. 도대체가 평화로울 새가 없군."

무민과 친구들과 헤물렌은 메뚜기 떼가 쓸고 간 숲을 계속 걸었다.

무민은 생각했다.

'메뚜기 떼가 우리 정원까지 먹어치우지는 않았으면 좋겠는데. 행여나 그런 일이 벌어지기라도 하면 엄마는 정신을 잃고 말 거야. 그리고 아빠의 담배밭은……'

무민이 말했다.

"스너프킨, 제발 노래 좀 연주해 줘. 슬픈 걸로."

스너프킨이 말했다.

"하모니카가 고장 나 버렸어. 음이 두어 개만 나."

무민이 부탁했다.

"아, 그럼 그렇게라도 연주해 줘."

스너프킨은 〈빌레리빌라레〉를 연주하기 시작했다.

밤— —— 추——
새— —— 시——
—— —— —니네
지친 —— ——
— — —— 못하고

헤물렌이 말했다.

"오싹한 노래구먼."

지친 다리를 이끌고 무민과 친구들과 헤물렌은 계속 길을 걸었다.

바람은 저녁때부터 불기 시작했다. 처음에는 별다를 것 없는 바람에 지나지 않았다. 그러나 점점 더 드세어지면서 보퍼트 풍력 계급*이 5에서 6으로 올라갔다. 곧 풍력 계급은 7로 올라갔고, 잠시 뒤에는 폭풍이 되어 불기 시작했다. 무민과 친구들과 헤물렌의 머리 위로 폭풍이 불어 닥쳤을 때에 그들은 늪지로 나와 있었다.

스노크가 공책을 흔들면서 소리쳤다.

"2호 재난이야! 이제 태풍이 될 거야!"

***보퍼트 풍력 계급**_ 19세기 영국의 해군제독이었던 프랜시스 보퍼트가 고안한 풍력 계급. 관측되는 사실에서 추정하는 풍속에 따라 0부터 12까지 등급을 나누었으며, 5는 흔들바람, 6은 된바람, 7은 걷기 힘들 정도의 센바람이다.

그때 혜성을 피하려면 어떻게 해야 하는지를 하나도 빠짐없이 모조리 적어 놓았던 스노크의 공책이 하늘 높이 날아가 버렸다.

무민이 소리를 질렀다.

"집까지 바람을 타고 날아가야겠어! 바람이 반대 방향으로 불지 않아서 다행이야!"

폭풍은 무민과 친구들과 헤물렌을 데리고 으르렁거리며 늪지 위를 날아다녔다. 폭풍은 스너프킨의 모자를 잡아채려 했고, 스니프를 쓰러뜨렸으며, 무민의 메달을 빼앗아 하늘 높이 날려 버렸다.

스노크메이든이 소리쳤다.

"무서워! 무민, 내 손을 잡아 줘……."

무민은 계속 스노크메이든의 손을 꼭 쥐고 있었다.

무민이 생각했다.

'큰 기구만 있으면 집으로 타고 갈 텐데⋯⋯. 그럼 엄마 아빠한테 곧장 갈 수 있을 거야⋯⋯.'

헤물렌이 안개 경보 소리보다도 더 크고 심하게 소리를 질렀다. 폭풍이 빼앗아 간 헤물렌의 우표 스크랩북은 불량 희귀 우표와 4매 명판과 워터마크와 함께 허공을 날아다니다 새처럼 펄럭거리며 점점 더 작아졌다⋯⋯. 헤물렌은 스크랩북을 쫓아 뛰어갔다. 헤물렌의 치마는 폭풍에 들려 펄럭거리며 얼굴을 철썩철썩 때렸다. 헤물렌은 벌판 너머 덤불에 박힐 때까지 커다란 연처럼 퍼덕거리며 날아갔다. 덤불에 처박힌 헤물렌은 머리에 치마를 뒤집어쓴 채 모든 희망을 떠나보냈다.

잠시 뒤, 헤물렌은 누가 소매를 잡아당기는 느낌이 들자 울부짖었다.

"나한테 이래라저래라 하지 마! 난 스크랩북을 잃어버린 헤물렌이라고!"

무민이 대답했다.

"알아. 너무 슬프고 끔찍한 일이야. 하지만 유감스럽게 도 네 치마를 좀 빌려야겠어. 그 치마로 기구를 만들 거 야. 우리 모두 집에 가야 하잖아. 혜성이 오고 있다고! 그 러니까 치마 좀 벗어 줘……."

헤물렌이 신경질적으로 소리쳤다.

"나 건드리지 말라고! 더더군다나 혜성 얘기는 꺼내지도 마! 난 혜성이 정말 싫어!"

이제 보퍼트 풍력 계급 10까지 올라갔다. 지평선에서부 터 검은 소용돌이 모양을 한 구름이 달려들고 있었다. 구 름은 가까이 다가올수록 점점 더 크게 회오리쳤다.

스너프킨이 소리를 질렀다.

"치마 벗어!"

아무도 헤물렌의 대답은 듣지 못했지만, 차라리 다행이 었다. 헤물렌이 끔찍한 욕설을 퍼부었기 때문이었다. 잠시 뒤, 무민과 친구들과 헤물렌은 머리 위로 팔을 뻗어 헤물 렌의 치마를 꽉 잡아당겼다. 이모에게서 물려받은 헤물렌 의 원피스 치마는 커다랗고 주름 장식도 잔뜩 달려 있어서 목과 소매를 묶기만 했는데도 훌륭한 기구로 탈바꿈했다.

이제 새까만 구름이 코앞까지 달려들었다.

스너프킨이 소리를 질렀다.

"절대 놓치지 않게 꽉 잡아! 이제 우리는 네 스크랩북을

쫓아서 날아갈 거야!"

모두 헤뮬렌의 치마에 달린 주름 장식을 꼭 붙잡았고, 치마 속으로 기세 좋게 파고든 폭풍은 치마를 번쩍 들어 올렸고, 검은 구름은 늪지에서 포효하며 뒤따라왔다. 벌 판은 무민과 친구들과 헤뮬렌의 발밑에서 사라졌고, 주위 는 빛 한 점 없이 어두워졌다. 그 뒤 모두 서쪽을 향해 저 녁노을과 밤하늘 한가운데로 멀리 멀리 날아갔다.

자정 직전, 태풍은 숨을 헐떡이며 제풀에 사그라졌다. 치마로 만든 기구는 천천히 숲으로 내려가다 높은 나무에 걸렸다. 오랫동안 아무도 입을 열지 않았다. 무민과 친구들과 헤물렌은 나뭇가지 사이에 웅크리고 앉아 숲에 내려앉은 붉은 어둠을 바라보며 태풍이 점점 더 멀리 사라지는 소리를 듣고만 있었다. 희미한 소리로만 남았던 태풍은 끝내 조용해졌다.

스너프킨이 물었다.

"다들 괜찮아?"

가장 작은 그림자가 대답했다.

"아마 나는 여기 있는 게 맞는 것 같아. 지금 여기 있는 게 나인지 폭풍에 휩쓸려온 낡은 잔해인지 잘은 모르겠지만. 내가 위험해지면 다 너희 책임이라고 했지!"

헤물렌이 화난 목소리로 말했다.

"여기 있는 건 네가 맞겠지. 자기 자신은 그리 쉽게 잃을 수가 없는 법이야. 그나저나 내가 이제 치마를 돌려받아도 괜찮을지 궁금한데."

스노크가 말했다.

"여기. 빌려 줘서 고마워."

무민이 소리쳤다.

"스노크메이든은 어디 있지?"

스노크메이든이 어둠 속에서 대답했다.

"여기 있어. 거울도 무사해."

"내 모자도 무사해!"

스너프킨은 이렇게 대답하고는 웃음을 터뜨렸다.

"하모니카도! 모자에 꽂았던 깃털도!"

헤물렌은 원피스 치마를 덮어쓰듯 머리 위에서부터 끌어당겨 입고 말했다.

"너희는 기분 좋은 모양이지. 내 치마는 주름 장식이 구깃구깃해져서 화나는데 말이야."

그러자 아무도 더는 입을 열지 않았다. 무민과 친구들과 헤물렌은 커다란 나뭇가지에서 잠들었다. 모두 다음 날 12시가 되어서야 깨어났을 만큼 무척 지쳐 있었다.

9

8월 7일 금요일은 바람 한 점 불지 않았고, 무시무시하게 더웠다. 아무도 몇 시인지 몰랐지만 시간이 훌쩍 흘러 버린 것 같기는 했다.

혜성은 거대해져서 무민 골짜기를 향해 다가오는 모습이 또렷이 보였다. 혜성의 가장자리는 하얀 불꽃이 무섭도록 강렬하게 일고 있었다.

무민은 다른 친구들보다 먼저 나무 아래로 내려갔다. 그러더니 조심스럽게 주위를 둘러보며 소리쳤다.

"여기는 초록빛이야! 사방에 이파리랑 꽃이 많아."

메뚜기 떼의 습격을 용케 피한 숲은 제 모습을 유지하고 있는 것처럼 보였다. 게다가 집도 가까워진 듯했다.

금요일, 가장 작은 개미를 포함한 모든 생명은 온 힘을 다해 땅속 깊이 숨어들었고, 새들은 나뭇가지에 앉아 조용히 기다리고 있었다.

스노크가 말했다.

"음, 스노크메이든. 오늘은 귓가에 꽃을 꽂지 않을 거야?"

스노크메이든이 말했다.

"그런 생각까지 해 주다니 친절도 하셔라. 하지만 오늘은 그럴 마음이 안 들어. 겁이 나서."

스니프는 새끼 고양이 생각을 하면서 걸었다.

'아기 고양이는 베란다 계단에 앉아 있을까? 나한테 뭐라고 말할까, 아니면 그냥 가르랑거리기만 할까? 너무 어려서 아기 고양이가 날 못 알아보면 어떡하지!'

스니프는 점점 더 걱정스러워지고 불안해져서 결국 혼자 낑낑거리기 시작했다.

스너프킨이 말했다.

"괜찮을 거야. 그렇지만 좀 더 빨리 걷는 게 좋겠어. 급하니까……."

헤물렌이 소리쳤다.

"그래, 급하지! 다들 급해! 다들 야단법석을 떨고 있어! 도대체 이 지구상에 평화란 눈 씻고 찾아 봐도 없어!"

헤물렌은 슬픔으로 얼굴을 일그러뜨린 채 우표 스크랩

북을 찾아 두리번거렸다. 무시무시하게 더웠고, 먹을 것도 마실 것도 더는 없었다. 그저 걷고 또 걷기만 했다.

무민이 생각했다.

'그리워하는 무언가를 떠올리면서 걷는 일은 정말 신기해. 갓 구운 롤빵 냄새가 나는 것 같으니 말이야.'

무민은 한숨을 쉬며 계속 걸었다. 잠시 뒤, 무민이 걸음을 멈추고 고개를 들어 킁킁거렸다. 그러더니 내달리기 시작했다.

나무들이 듬성듬성해졌다. 갓 구운 롤빵 냄새가 더 짙어졌다. 무민의 눈앞에 갑자기 무민 골짜기와 무민이 집을 떠났을 때와 똑같이 안온하고 여느 때와 다름없는 파란 무민의 집이 놓여 있었다. 그리고 집 안에서는 무민마마가 평온하게 생강 비스킷을 굽고 있었다.

무민이 소리를 질렀다.

"집에 왔어! 집에 왔다고! 잘될 줄 알았다니까. 다들 와서 좀 봐!"

스노크메이든이 말했다.

"네가 말했던 다리가 저기 있네. 그리고 저건 분명히 네가 타고 오르는 나무일 테고. 정말 예쁜 집이랑 진짜 아름다운 베란다야."

스니프는 베란다 계단을 쳐다보았다. 그러나 스니프를

기다리며 앉아 있는 새끼 고양이는 없었다.

무민마마는 부엌에 앉아 연분홍빛 휘핑크림으로 슈크림 케이크를 꾸미고 있었다. 케이크 둘레에는 '사랑하는 우리 무민에게'라는 말을 초콜릿으로 예쁘게 써 놓았다. 맨 꼭대기에는 솜사탕으로 만든 별도 달았다.

무민마마는 혼자 천천히 휘파람을 불면서 이따금씩 창밖을 내다보았다. 무민파파는 걱정스럽게 이 방 저 방을 서성이며 안절부절못했다.

무민파파가 말했다.

"얘들이 왜 안 올까요? 벌써 한 시 반이 다 됐는데."

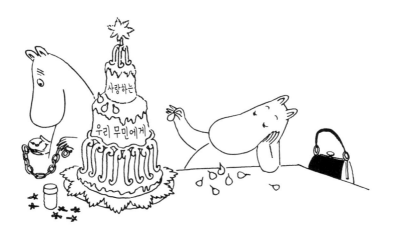

무민마마가 말했다.

"올 테니까 걱정하지 말아요. 케이크나 좀 들어 봐요. 받침 종이를 깔아야겠어요. 스니프가 접시를 핥을지도 몰라요. 원래 그런 걸 좋아하니까……."

무민파파는 한숨을 내쉬며 케이크를 들어 올린 채 말했다.

"애들을 보내지 말 걸 그랬어요. 그때는 미처 몰랐지만……."

그와 동시에 사향뒤쥐가 들어와 장작을 담아 두는 통 위에 걸터앉았다.

무민마마가 물었다.

"저기, 혜성은 어떻게 되어 가고 있나요?"

사향뒤쥐는 심술궂게 말했다.

"아주 빨리 다가오고 있소이다. 그나저나 비스킷을 굽기에 아주 좋은 때로군요."

무민마마가 물었다.

"생강 비스킷 좀 드릴까요?"

사향뒤쥐가 말했다.

"아, 네. 기다리는 동안 하나쯤이라면."

생강 비스킷을 세 개 먹은 뒤 사향뒤쥐가 말했다.

"여사님의 자제분이 다리 건너 뛰어오는 걸 보았소이다.

함께 오는 무리가 아주 다채롭더이다."

무민마마는 케이크 뜨개를 개수대에 떨어뜨리며 소리쳤다.

"무민 말이에요? 그걸 이제 말씀하시면 어떡해요!"

무민마마가 언덕으로 뛰어나가자, 무민파파가 얼른 그 뒤를 쫓아갔다.

저 멀리 무민이 오고 있었다! 스니프도 오고 있었다…… 그리고 그 뒤로는 엄마 아빠가 한 번도 본 적 없었던 많은 이가 오고 있었다.

무민마마가 소리쳤다.

"엄마가 얼마나 오래 기다린 줄 아니! 엄마 품으로 오렴! 세상에, 어쩜 이렇게 꼬질꼬질하고 야위었을 수가 있을까! 어머, 정말 재밌네…… 이게 꿈이야, 생시야?"

무민이 소리 질렀다.

"엄마! 아빠! 저 독나무랑 싸웠어요! 독나무랑 싸워서 이겼어요! 쓱쓱 베어 버렸더니 독나무 팔들이 날아가서 몸통만 남았어요!"

무민마마가 소리 질렀다.

"세상에, 우리 아들 정말 용감하구나! 그럼 저 친구는 누구니?"

무민이 대답했다.

183

"스노크메이든이에요. 제가 독나무에서 구해 줬어요. 그리고 여기는 스노크예요. 여기는 제 가장 친한 친구인 스너프킨이고요. 그리고 여기는 우표를 모으는 헤물렌이에요."

모두 손을 맞잡았다.

무민파파가 말했다.

"거참 흥미롭군. 우표 수집이라니. 정말 멋진 취미를 가졌구나."

헤물렌은 잠을 설친 탓에 퉁명스럽게 대답했다.

"우표 수집은 절대 취미가 아니에요. 직업이죠."

무민파파가 말했다.

"그렇구나. 그럼 어제 불었던 바람에 휩쓸려온 우표 스크랩북을 볼 생각도 있겠구나."

헤물렌이 소리를 질렀다.

"뭐라고요?!"

무민마마가 말했다.

"그래. 발효시키느라 빵 반죽을 밖에 내놓았는데 아침에 보니 작은 스티커가 덕지덕지 붙어 끔찍한 꼴로 변했지 뭐니."

헤물렌은 얼굴이 창백해져서 되뇌었다.

"스티커라……. 아직 있어요? 어디 있나요? 설마 버리시지는 않았겠지요?"

무민마마가 라일락 덤불 사이에 걸린 빨랫줄을 가리키며 말했다.

"저쪽에 널어서 말리고 있단다."

헤물렌은 빨간 우표 스크랩북에 시선이 닿자마자 환호를 터뜨렸다. 그러고는 누더기가 된 주름 장식 치마를 펄럭이며 비틀비틀 다가갔다.

스니프가 씁쓸하게 말했다.

"헤물렌은 무척 행복한가 보네."

스니프에게 다가와 인사하는 새끼 고양이는 없었다. 스니프는 베란다 계단에 놓여 있는 우유 그릇을 가리키며 탓하기라도 하듯 말했다.

"우유가 상했나 봐."

무민마마가 설명했다.

"더위 때문이란다. 이런 더위에는 아무것도 제대로 견뎌 내질 못하지. 게다가 고양이는 우유 마시러 잘 오지도 않더구나…… 얘들아, 이제 아침을 좀 먹자꾸나. 들어와서 사향뒤쥐 아저씨에게 인사하렴."

그러나 스니프는 정원에 남았다. 덤불 밑으로 들어가 새끼 고양이를 불렀고, 장작더미가 쌓인 헛간도 뒤졌다. 그러나 새끼 고양이는 없었다.

스니프는 모두 모여 아침을 먹으며 혜성 이야기를 나누고 있는 베란다로 돌아갔다.

무민마마가 말했다.

"사향뒤쥐 아저씨가 오늘 저녁 뒤뜰에 혜성이 떨어질지도 모른다고 하셨단다. 채소밭을 뒤덮은 지독한 잿빛 먼지도 좀 날아가 버렸으면…… 아무튼 그래서 잡초에는 전혀 신경 쓰지 않았단다…… 그나저나 우주가 정말 새까맣다니! 그 사실을 스니프가 알아냈다며?"

스니프가 기분이 조금 좋아져서 말했다.

"맞아요. 제가 여러분을 위해 모든 것을 알아냈어요. 그리고 여러분은 혜성이 올 때 제 동굴 안에 숨어 있을 수 있어요!"

스노크가 소리쳤다.

"잠깐. 그 문제는 회의를 해야 해요! 큰 회의 말이에요! 이렇게 결정해 버려서는 안 돼요."

스노크메이든이 말했다.

"안 될 게 뭐가 있어? 빨리 결정해야 해. 우리는 귀중품을 몽땅 챙겨서 동굴로 가야 해!"

스니프가 소리를 질렀다.

"아, 맞다! 내 단검 어디 갔지?"

무민이 소리쳤다.

"동굴에서 만찬을 먹는 건 어때요? 동굴로 피난 가는 걸 소풍으로 만드는 거예요!"

모두 환호하며 손을 흔들었고, 스니프는 우유가 담겨 있던 잔을 식탁에 엎질러 버렸다.

사향뒤쥐가 일어서서 말했다.

"그대들은 점점 더 엉망진창이 되어 가고 있소이다. 이런 담소 또한 모두 불필요하오. 여하튼 그대들 모두 으깨질지도 모를 일이니. 난 이제 해먹에 누워 생각 좀 하겠소이다. 우리가 다시는 만날 수 없을 경우를 대비해 미리 작별 인사를."

사향뒤쥐는 자리를 떠나 버렸다.

모두 조용해졌고, 무민파파는 한숨을 깊이 내쉬었다.

"사향뒤쥐 선생은 왜 저렇게 비관적인 말만 골라 하는지 이해할 수가 없군. 세 시가 됐단다……. 짐을 꾸려야겠지? 동굴은 얼마나 크니?"

무민파파가 스노크에게 물었다.

"우리를 위해 이사 준비를 해 줄 수 있겠니?"

스노크는 기뻐서 얼굴이 상기된 채 진지하게 말했다.

"해 볼게요. 하지만 먼저 가로줄 공책이나 모눈종이 공책이랑 펜이랑 줄자랑 정확한 치수가 적힌 동굴 도면을 주셔야 해요. 또 여러분이 가진 모든 물건을 적은 목록도 필요해요. 정말 좋아하는 물건에는 별 세 개, 그냥 좋아하는 물건에는 별 두 개 그리고 없어도 될 물건에는 별 한 개를 그려서요."

"내 목록은 바로 줄 수 있어. 하모니카에 별 세 개!"

스너프킨은 이렇게 말하고 웃음을 터뜨렸다.

대규모 짐 꾸리기가 시작되었다. 사향뒤쥐는 해먹에 누워 지켜보고만 있었고, 헤물렌은 라일락 덤불 아래에 앉아 우표를 분류하고 있었다.

무민마마는 끈과 포장지를 찾으러 이리저리 왔다 갔다 했고, 잼 저장고를 통째로 비웠고, 커튼을 모두 걷었다. 서랍은 몽땅 끄집어내어 마루에 늘어놓았고, 침대보는 집 밖 언덕에 내놓았다.

무민파파는 커다란 여행 가방과 짐 꾸러미와 자루와 바구니를 외바퀴 손수레에 쌓아 올렸고, 스노크는 베란다 탁자에 앉아 목록과 계산식이 잔뜩 적힌 종이를 늘어놓고 이사 갈 준비를 했다. 스노크는 정말이지 행복했다.

스노크메이든이 물었다.

"조개껍질은 뭐 하시려고요?"

무민마마가 대답했다.

"다 가져가야 해. 별 세 개짜리란다. 스니프, 이 슈크림 케이크를 동굴로 옮겨다 줄 수 있겠니? 손수레로 실어 갈 엄두가 나지 않는구나."

무민파파가 말했다.

"여보, 장미를 다 뽑을 시간이 안 돼요."

무민마마가 말했다.

"그럼 노란 장미만 가져가요."

189

그러고 나서 무민마마는 커다란 순무라도 뽑으려고 뛰어갔다. 무민파파는 무민과 스너프킨이 이삿짐을 동굴로 옮기고 있는 바닷가 모래밭으로 외바퀴 손수레를 하나씩 끌고 갔다. 육지에서 하는 이사보다 힘들었다. 시간도 얼마 남지 않았다.

더위는 맹렬했고, 검붉은 빛은 죽은 바닷가를 끔찍하게 내리쬐고 있었다. 무민파파는 으스스한 풍경에 눈길을 주지 않으려고 애썼다. 그저 손수레만 앞뒤로 끌며 소싯적부터 자신이 불필요한 물건을 어쩌면 이렇게 많이 장만했는지 의문스러워하기만 했다. 그리고 가끔 시계를 들여다보았다.

무민파파는 생각했다.

'이게 마지막 짐이야. 무민마마가 진열장 손잡이나 난로 조정 끈까지 챙길 수는 없을 테니 그건 문제 될 게 없고……'

무민파파는 마지막으로 빈 손수레를 끌고 무민 골짜기에 돌아왔다.

집에서는 무민마마가 욕조를 떼어 언덕으로 옮기고 있었다. 스니프는 한 손에 우유 그릇을 들고 무민마마의 옆에 서서 말했다.

"제 말이 안 들리시나 봐요. 어디에 있는지 세 번이나 여쭤 봤잖아요!"

무민마마가 당황해서 물었다.

"뭘 말이니?"

스니프가 말했다.

"제 아기 고양이 말이에요! 절 끔찍이 그리워한 제 아기 고양이는 어디 갔어요? 우리는 아기 고양이도 구해 줘야 해요!"

무민마마가 욕조에서 손을 떼며 말했다.

"그래, 물론이지. 네 비밀스러운 아기 고양이……. 그런데 그게, 나는 간신히 고양이 꼬리만 가끔 봤는데, 고양이는 밤에만 우유 마시러 왔단다."

스니프가 물었다.

"그럼 고양이가 절 좋아하기 시작한 게 아니에요?"

무민마마가 말했다.

"아마도. 고양이는 무척 독립적이란다. 너도 고양이가 제 앞가림을 얼마나 잘하는지 알게 될 거야. 고양이는 늘 제 앞가림은 알아서 잘하지……."

그때 무민파파가 손수레를 덜컹거리며 끌고 다가와 소리쳤다.

"이게 마지막 짐이에요! 곧 6시 반이 돼요. 우리는 동굴 지붕에 난 틈도 틀어막아야 하고요……. 세상에, 여보. 욕조로 뭘 하려고요?"

무민마마가 설명했다.

"이 욕조는 정말 새것 같은걸요. 당신도 욕조에서 목욕하는 게 얼마나 기분 좋은지 알잖아요. 게다가……."

무민파파가 말했다.

"좋아요, 좋아. 욕조 안으로 들어가요. 그러면 동굴까지 모셔다 드릴게. 헤물렌은 어디 있죠?"

가족 사진첩을 안고 서 있던 스노크메이든이 말했다.

"헤물렌은 우표를 세고 있어요. 그런데 무민은 어렸을 때 어쩜 그렇게 뚱뚱했어요?"

무민파파가 소리 질렀다.

"헤물렌! 욕조 안으로 들어가렴. 이제 곧 큰일이 나니까. 혜성이 오고 있다고!"

헤물렌이 우표 스크랩북을 안고 고분고분 욕조 안으로 들어가자 무민파파는 손수레를 끌기 시작했다.

　스니프가 맨 마지막으로 무민 골짜기를 떠났다. 숲을 지나는 내내 스니프는 "아기 고양이야!" 하고 소리쳐 불렀다. 그리고 마침내 이끼 위에 앉아 혀로 몸을 핥고 있는 새끼 고양이를 만났다.

　스니프가 속삭였다.

　"안녕. 잘 지냈니?"

　새끼 고양이는 털 손질을 멈추고 스니프를 쳐다보았다. 스니프는 조심스럽게 다가가 손을 뻗었다. 새끼 고양이는 슬쩍 피했다. 스니프가 손을 더 뻗으며 말했다.

　"보고 싶었어."

　새끼 고양이는 손길이 닿지 않을 만큼 또 슬쩍 피했다. 스니프가 쓰다듬으려 할 때마다 새끼 고양이는 슬그머니 피하기는 했지만 가 버리지는 않았다.

　스니프가 말했다.

"혜성이 오고 있어. 너도 우리 동굴로 따라가야 해. 그렇지 않으면 으깨져 버릴 거야."

"어휴."

새끼 고양이는 이렇게 대답하고는 늘어지게 하품을 했다.

스니프가 단호하게 말했다.

"온다고 약속하는 거다? 약속해야 해! 8시 전까지 오는 거야!"

새끼 고양이가 말했다.

"알았어. 나중에 때가 되면 갈게."

그러고 나서 새끼 고양이는 계속 털을 손질했다.

스니프는 이끼 위에 우유 그릇을 내려놓고 잠깐 동안 그대로 서서 새끼 고양이를 물끄러미 바라보았다. 잠시 뒤, 스니프는 바닷가 모래밭까지 쉬지 않고 달려갔다. 모두 욕조를 바위 위로 끌어올리느라 안간힘을 쓰고 있었다.

무민파파가 소리를 질렀다.

"꽉 잡고 끌어당겨! 욕조가 내 발 바로 위에 있어! 밧줄 절대 놓치지 마!"

무민이 소리쳤다.

"너무 미끄러워요! 비눗갑이 박혀 있어요!"

무민마마는 바닷가에 앉아 이마를 훔치며 한숨을 내쉬었다.

"이사가 그렇지."

스니프가 물었다.

"뭐 하고 있는 거예요?"

무민마마가 말했다.

"욕조가 너무 크단다. 동굴 안에 들여놓을 수가 없어. 스노크는 이 문제로 회의를 하고 싶어 했지만 그럴 새가 어디 있니. 그래서 지금 동굴 지붕에 난 틈을 욕조로 막으려고 들어 올리고 있단다. 호호, 그렇지."

스니프가 말했다.

"제 아기 고양이를 만났어요. 8시 전에 동굴로 오겠다고 약속도 했어요."

무민마마가 말했다.

"다행이구나. 이제 동굴에서 목욕할 수 있겠네. 정말 재밌지 뭐니."

운 좋게도 욕조는 동굴 지붕 틈새를 4센티미터만 남기고 모두 덮었다. 모든 짐이 차례차례 동굴 안으로 들어갔고, 무민마마는 입구에 담요를 걸었다.

무민이 물었다.

"저 담요가 버텨 줄까?"

"담요에 이걸 바르면 돼."

스너프킨이 이렇게 말하고는 주머니에서 작은 병을 꺼

내 들었다.

"이것 좀 봐! 화상 방지 기름이야! 어떤 열기도 견뎌 내지."

무민마마가 말했다.

"그 기름을 바르면 담요에 얼룩이 남지 않을까?"

갑자기 무민마마가 얼굴을 양손으로 감싸며 소리쳤다.

"어머, 사향뒤쥐 아저씨! 어디 있는 거지?"

무민파파가 말했다.

"사향뒤쥐 선생은 따라오고 싶어 하지 않았어요. 소풍은 불필요하다더군요. 그래서 그냥 내버려두고 왔지요. 해먹은 계속 쓸 수 있게 두고 왔어요."

"그래요, 그래."

무민마마는 한숨을 내쉬고 간이 취사도구로 저녁 식사를 준비하기 시작했다. 6시 5분 전이었다.

모두 치즈를 먹기 시작했을 때, 동굴 밖에서 무엇인가가 긁는 소리를 내더니 담요 아래로 턱수염이 수북하게 난 얼굴이 삐죽 들어왔다.

무민이 말했다.

"아, 어쨌든 오셨네요."

사향뒤쥐가 대답했다.

"해먹이 너무 더워졌소이다. 동굴은 좀 더 시원하겠다 싶더이다."

사향뒤쥐는 점잖은 걸음으로 구석에 가서 앉았다.

스니프가 물었다.

"오는 길에 제 고양이 보셨어요?"

사향뒤쥐가 말했다.

"아니."

무민파파는 시계를 꺼내 들고 말했다.

"그래, 이제 다 됐군. 8시가 됐어."

무민마마가 말했다.

"그럼 후식을 먹으면 되겠어요. 스니프, 슈크림 케이크
는 어디에 두었니?"

스니프는 사향뒤쥐가 앉아 있는 구석을 가리키며 말했다.

"저기요."

무민마마가 물었다.

"어디? 안 보이는데. 사향뒤쥐 아저씨, 혹시 케이크 보셨어요?"

사향뒤쥐는 화내며 대답했다.

"고양이도 슈크림 케이크도 못 봤소이다. 난 보지도 않고, 맛도 보지 않고, 느끼지도 않소이다. 생각할 따름이외다."

헤물렌이 우표 스크랩북에 우표를 붙이며 웃음을 터뜨렸다.

"옳은 말이에요. 야단법석이로군요. 별 문제도 아닌데."

무민마마는 당혹스러워하며 말했다.

"슈크림 케이크가 어디로 갔을까? 스니프, 설마 네가 오는 길에 몽땅 먹어치운 건 아니겠지?"

스니프는 태연하게 말했다.

"너무 크더라고요."

무민이 소리를 질렀다.

"그러니까 네가 슈크림 케이크를 먹어치운 거네!"

"꼭대기에 장식된 별만 먹었는데 엄청 딱딱했어!"

스니프가 되받아 소리를 지르고는 이불을 뒤집어썼다.

스니프는 아무도 더는 보고 싶지 않았다. 슈크림 케이크에는 '사랑하는 우리 무민에게'라고만 써져 있었지, '사랑하는 우리 스니프에게'라고는 써져 있지 않았다. 8시가 넘었는데 새끼 고양이도 오지 않았다.

무민마마는 너무 지쳐 의자에 앉으며 말했다.

"휴우, 세상만사 쉬운 게 없다니까."

스노크메이든이 사향뒤쥐를 노려보며 말했다.

"잠깐 일어나 보세요."

사향뒤쥐가 말했다.

"나는 내가 앉아 있는 이 자리에 계속 앉아 있을 거다."

스노크메이든이 말했다.

"아저씨가 무민 케이크를 깔고 앉아 있거든요."

사향뒤쥐가 벌떡 일어서자 엉덩이에 짓눌려 버린 슈크림 케이크와 사향뒤쥐의 엉덩이가 보였다. 말로 표현할 수 없을 만큼 처참한 광경이었다!

무민이 소리쳤다.

"이제 다 못쓰게 됐잖아! 내가 돌아온 걸 축하하는 슈크림 케이크였는데!"

사향뒤쥐가 소리를 질렀다.

"난 평생 끈적거리게 생겼소이다! 난 이런 것들은 사양하겠소! 이건 모두 그대들 책임이외다!"

무민마마가 말했다.

"진정해요, 진정해. 모양이 달라지긴 했지만 이건 여전히 슈크림 케이크예요."

하지만 아무도 무민마마의 말을 귀 담아 듣지 않았다.

스너프킨이 웃음을 터뜨렸다. 그러자 자신을 비웃는다고 생각한 스니프가 이불을 박차고 나와 소리를 질렀다.

"저 뭉개진 슈크림 케이크 덩어리가 더 예술적인 걸 뭐! 날 위한 부분은 눈곱만큼도 없고 무민만 위하는 슈크림 케이크 덩어리 따위! 내 아기 고양이가 크림을 좋아할 거라는 생각은 아무도 하지 않고! 난 이제 나가서 내 아기 고양이를 데려올 거야. 내 생각을 해 주는 건 아기 고양이밖에 없으니까!"

스니프는 입구에 걸린 담요 아래로 나가 버렸다.

무민마마가 소리를 질렀다.

"이를 어째! 당연히 '사랑하는 우리 스니프에게'라고도 썼어야 했는데……. 내가 어쩌다 그런 실수를 저질렀담!"

무미파파가 심각하게 말했다.

"당신, 스니프한테 아주 예쁜 선물을 줘야겠어요."

무민마마는 고개를 끄덕이고 외할머니에게 물려받은 에메랄드를 스니프에게 주기로 했다. 새끼 고양이의 목걸이로 안성맞춤인 정말 예쁜 에메랄드였다……

스너프킨은 담요를 들어 올리고 동굴 밖을 내다보며 말했다.

"내가 쫓아갈 걸 그랬나."

무민마마가 말했다.

"기다려 보렴. 스니프는 잠깐 혼자 있고 싶을지도 몰라. 곧 돌아오겠지."

사향뒤쥐가 물었다.

"아니, 다들 어떻게 이럴 수 있소이까? 내 모습이 어떤지는 아무도 관심 없는 거요?"

무민이 솔직하게 대답했다.

"네. 고민거리가 너무 많아서 그런 관심은 불필요하기 그지없다고 생각해요!"

스니프는 너무 슬프고 화가 난 나머지, 숲 한가운데에 도착하기 전까지는 두려움도 느끼지 못했다. 나무들은 마치 빨간 종이를 잘라 붙인 것처럼 보였다. 숲은 미동도 없었고, 그림자도 하나 움직이지 않았으며, 뜨거운 땅바닥은 스니프의 발밑에서 버석거렸다. 스니프를 위로해 주는 것이라곤 동굴에 있던 모두에게 강한 인상을 심어 주고 뜨끔하게 했다는 사실뿐이었다.

스니프는 두근거리는 가슴을 안고 깊은 숲을 향해 걸어 들어가며 다들 자신에게 얼마나 고약하게 굴었는지 떠올렸다.

'다들 지금 내 동굴에 숨어서 묵은 슈크림 케이나 먹어 치우고 있어. 이 지구상에서 오로지 나만 숨지 않고 두려움에 맞서고 있는 거야. 다들 별 볼일 없어. 세상 모든 게 다. 혜성도, 고양이도 다.'

그때 새끼 고양이가 꼬리를 쳐들고 스니프에게 다가왔다. 스니프는 새끼 고양이를 지나치며 쌀쌀맞게 말했다.

"안녕."

잠시 뒤, 스니프는 뭔가 부드러운 것이 다리를 비벼 대는 느낌이 들었다.

스니프가 말했다.

"그래, 너 여기 있었구나. 오겠다고 약속해 놓고 지키지도 않고. 그러니까 이제부터 나도 널 무시할 거야."

새끼 고양이가 말했다.

"안녕, 안녕. 내 부드러운 털 좀 느껴 봐."

스니프는 대답하지 않았다. 새끼 고양이가 가르랑거리기

시작했다. 그 소리만이 고요한 숲 속을 울렸다. 주위를 둘러보던 스니프는 다리를 후들후들 떨기 시작했다. 아무 길도 보이지 않았고, 이끼만 무성했다. 스니프는 동굴로 가는 길이 어느 쪽이었는지 전혀 기억나지 않았다.

후식에 수염이 덕지덕지 붙어 있다는 사실과는 관계없이 아무도 후식을 먹을 마음이 들지 않았다. 사향뒤쥐는 더운물이 담긴 대야에 앉아 시간을 보냈다.

무민이 물었다.

"몇 시예요?"

무민파파가 대답했다.

"8시 25분이야."

무민이 말했다.

"스니프를 쫓아가야겠어요. 너무 늦으면 안 되니까 시계 좀 주세요."

스노크메이든이 소리쳤다.

"안 돼요! 무민은 가면 안 돼요!"

그러나 무민마마가 나섰다.

"무민이 가는 게 좋을 거야. 무민, 최대한 서두르렴!"

무민은 입구에 걸려 있던 담요 아래로 미끄러지듯 나갔다. 공기는 텅 빈 바닷가 위에 떠 있는 불덩어리만큼이나 뜨거웠다. 무민은 달리고 또 달리며 줄곧 "스니프! 스니프!" 하고 소리쳐 불렀다. 혼자라는 느낌은 전혀 들지 않았다. 무민은 가끔 시계를 보았다. 이제 8시 31분이었고, 11분이 남아 있었다.

무민은 붉은 숲 속으로 뛰어 들어갔다. 일곱 걸음 뛰고 스니프를 소리쳐 불렀고, 또 일곱 걸음 뛰고 소리쳤고……

저 멀리에서 희미한 비명이 들렸다. 무민은 양손을 입가

에 모으고 있는 힘껏 소리쳤다.

"스니프!!!"

작은 동물 스니프의 대답이 훨씬 더 가까이에서 들려왔다.

무민과 스니프가 다시 만났을 때는 인사할 겨를도 없었다. 그저 달렸다. 무민과 스니프의 등 뒤로는 새끼 고양이가 폴짝폴짝 뛰고 있었다. 무민과 스니프와 새끼 고양이의 등 뒤로는 혜성이 잔뜩 겁먹은 무민 골짜기에 점점 더 가까이 다가들고 있었다.

이제 6분이 남았다……. 모래밭은 뛰기에 너무 힘들었고, 속력도 나지 않아서 마치 악몽 속에서 뛰는 듯했다. 뜨거운 공기 때문에 눈이 화끈거렸고, 목은 타는 듯했고 갈증이 심해졌다……. 마침내 저 멀리 바위산이 보이기 시작했는데 바위산 또한 타는 듯이 붉었고, 바위산 위에서는 무민마마가 뭐라고 소리 지르면서 서서 양팔을 흔들며 신호를 보냈고, 무민과 스니프와 새끼 고양이는 쉴 틈 없이 산을 오르고 또 올랐다……. 이제 3분밖에 남지 않았다! 셋은 갑자기 서늘해지는 느낌이 들었는데, 호롱불이 아무 일도 없었다는 듯 타오르는 동굴 안으로 들어와 있었다.

스니프가 떨리는 목소리로 말했다.

"제 고양이를 소개할게요."

그러자 무민마마가 황급히 말했다.

"참 예쁜 어린 고양이구나! 스니프, 네게 줄 선물이 있단다……. 무사히 돌아온 기념으로 우리 외할머니의 에메랄드를 선물하려고 했는데 난리통에 주는 걸 깜박 잊었지 뭐니……. 이 에메랄드로 고양이한테 목걸이를 만들어 주면 좋겠구나……."

스니프가 소리쳤다.

"에메랄드라고요! 집안 대대로 물려받은 유산 말이죠! 그걸 고양이한테! 아, 진짜 멋져요. 아, 정말 행복해요!"

그와 동시에 불길에 싸인 혜성이 빛을 내면서 지구로 내려왔고, 호롱불은 모래 바닥으로 떨어지더니 꺼져 버렸다. 시각은 정확히 8시 42분 4초였다.

화상 방지 기름을 발라 놓은 담요 밑으로 눈부신 붉은 빛이 새어들었지만 동굴은 캄캄한 어둠 속에 잠겨 있었다.

모두 동굴 가장 구석진 자리에서 서로를 꼭 부여잡은 채 동굴 지붕에 놓인 욕조 속으로 운석이 쏟아져 내리는 소리를 들었다. 사향뒤쥐는 대야에서 나오지 않았다. 헤물렌은 우표 스크랩북이 또 날아가 버릴까 봐 스크랩북을 깔고 엎드려 있었다.

온 바위산이 흔들렸고 온 땅이 진동했으며 혜성의 겁먹은 울부짖음이거나 지구의 비명 같은 소리가 들려왔다.

모두 아주 오랫동안 서로를 꼭 부여잡은 채 가만히 있었다. 바깥에는 부서져 버린 산과 조각나 버린 들판의 메아리가 요동치고 있었다. 시간은 무시무시하게 천천히 흘렀고 모두 각자의 고독 속에 빠져 있었다.

영원과도 같은 오랜 시간이 지난 뒤 세상은 고요해졌다. 모두 귀를 기울이고 또 기울여 봐도 바깥에서는 아무 소리도 들리지 않았다.

무민이 속삭였다.

"엄마, 지구가 멸망한 거예요?"

무민마마가 대답했다.

"이제 끝났단다. 어쩌면 지구는 멸망했을지도 모르지만 어쨌든 다 끝났어."

무민파파가 우스갯소리를 했다.

"불가사의 중의 불가사의지."

스노크가 한바탕 웃음을 터뜨리고 나자, 다시금 조용해졌다. 무민마마는 석유 등잔을 찾아 불을 켰다. 그러자 새끼 고양이가 모래밭에 앉아 혀로 몸을 핥는 모습이 보였다.

스노크메이든이 말했다.

"너무 끔찍했어요. 두 번 다시 시계는 보고 싶지 않아요!"

무민마마가 말했다.

"이제 잠자리에 들자꾸나. 더는 혜성 이야기는 꺼내지도 말고 생각하지도 말자꾸나. 바깥에 무슨 일이 일어났는지 보려고 하지도 말고. 확인은 내일 해도 되니까."

모두 잠자리에 들어 이불을 머리끝까지 뒤집어쓰자 스너프킨이 하모니카를 꺼내 들었다. 그리고 높은 음과 낮은 음 모두 다시 바르게 나는 것을 확인하고 자장가를 연주하기 시작했다.

애들아 잠을 자자, 하늘은 깜깜한데,
혜성은 어디 갈지 모르고 떠도는데
잠들어 꿈을 꾸자

깨어나 잊자꾸나
이 밤은 가까이에 우주는 싸늘하니
백 마리 어린 양 떼 풀밭에 노니는 곳

동굴 안은 차츰 고요해졌다. 스니프는 머리맡에서 느껴지는 부드러운 감촉에 설핏 잠에서 깨었다. 새끼 고양이였다. 스니프는 새끼 고양이에게 팔베개를 해 주었고 둘은 동시에 잠이 들었다.

10

잠에서 깬 무민은 자신이 지금 어디에 있는지 잠깐 헷갈렸다. 동굴 안은 희미한 빛줄기로 가득했고 석유 냄새가 났다. 그제야 모든 기억이 떠오른 무민은 자리에 일어나 앉았다. 모두 잠들어 있었다. 무민은 살금살금 문으로 걸어가 입구에 걸린 담요를 천천히 들추고 바깥을 내다보았다. 붉은빛은 사라졌다. 하늘은 아무 빛깔도 띠지 않았고, 주위에는 아무 소리도 나지 않았다. 바깥으로 기어 나온 무민은 바위에 걸터앉아 혜성이 버리고 간 운석 하나를 집어 들었다. 새까맣고 뾰족뾰족한 운석은 묵직했다. 무민은 저 멀리 긴 바닷가 모래밭과 텅 빈 바다를 내려다보았다. 모두 빛깔도 소리도 없었다.

무민은 땅에 무시무시한 구멍이 나 있고 뭔가 극적으로

변한 모습을 예상했었다. 자신이 그런 생각을 했었다는 것을 깨닫자, 무민은 조금 놀랐다.

　동굴 밖으로 나와 무민의 옆에 앉아 담뱃대에 불을 붙인 스너프킨이 말했다.

　"안녕, 무민."

　무민이 인사에 답했다.

　"그래, 안녕. 스너프킨, 지구가 멸망하면 원래 이런 모양새인 거야? 그냥 텅 빈?"

　스너프킨이 말했다.

　"지구는 멸망하지 않았어. 혜성이 꼬리만 살짝 갖다 댔나 봐. 그러고는 우주로 계속 나아갔고."

　무민은 확신이 들지 않아 다시 물었다.

　"모든 게 남아 있다는 말이야?"

　스너프킨이 담뱃대로 가리키며 말했다.

　"저쪽 좀 봐. 바다 말이야."

　좀 더 밝아진 수평선 끄트머리에서 무언가가 살아 움직이고 있었다.

　스너프킨이 말했다.

　"보여? 바다가 돌아오고 있잖아."

　하늘빛이 더 강해지는 동안 무민과 스너프킨은 말없이 앉아서 기다렸다. 아침 해가 떠올랐고, 태양은 정말이지 여느 때와 다름없어 보였다.

이제 바다는 예전 바닷가를 향해 밀려들고 있었고, 태양이 떠오르는 동안 점점 더 푸르러졌다. 파도는 친숙한 바다 밑바닥으로 미끄러져 내려가며 초록빛으로 물들었다. 물웅덩이에 숨죽였던 헤엄치고 꿈틀거리고 기어 다니는 생명들 모두 투명한 물속을 기쁘게 튀어 올랐다. 바닷말과 백수련은 기지개를 켜고 일어나 태양을 향해 자라나기 시작했다. 뒤이어 제비갈매기 한 마리가 바다 위로 날아올라 이제 다시 새 아침이 밝았다며 소리를 질렀다!

무민파파가 소리쳤다.

"바다가 돌아왔어!"

모두 잠에서 깨어 신기한 듯 동굴 밖으로 나왔다. 헤물렌만이 지구가 온전하다는 사실에 놀라지 않았다. 헤물렌은 마지막으로 정리하려고 바닷가 모래밭에 우표 스크랩북을 내려놓고 혹시 몰라 귀퉁이를 운석으로 눌렀다.

모두 바위에 나란히 앉아 태양을 향해 얼굴을 들었다.

스노크메이든이 물었다.

"네 고양이 이름이 뭐야?"

스니프가 말했다.

"비밀이야."

무민마마가 말했다.

"자, 이제 슈크림 케이크를 집 베란다로 가져가서 먹어치우면 어떨까 싶은데요. 집으로 돌아가야 하지 않겠어요? 숲과 정원과 집은 그대로 남아 있겠지요?"

무민이 말했다.

"다 그대로 남아 있을 것 같아요. 보러 가요."